U0012367

任性出版

天国飯と地獄耳

天國飯與地獄耳

偷聽，揭露我們與惡的距離。
鄰桌的故事越罪惡，
食物越美味，我們都犯此不疲。

日本新生代作家、社會觀察家
岡田育 著　黃雅慧 譯

目錄

第二話　不管是真心話、表面話，你我都是共犯者

推薦序一

一場偷聽與美食的八卦饗宴，說不定裡頭就有你……

作家／少女老王

每個人都有偷窺欲。尤其當手機越做越小、螢幕保護貼片越來越黑、隱私設定越來越細緻，滿足欲望的範圍不再侷限於黑夜裡、陰暗處、墨鏡下、門縫邊，只要拿起手機，就能窺視全世界的人。

而餵養這些欲望的，新聞媒體絕對占了大宗，那些充滿引導暗示的標題與首圖，都在利用人類與生俱來的偷窺欲、吸引著你們點擊。

但新聞終究是新聞，在尺度邊緣的包裝之下，仍必須維持正經內容。同樣有血有肉有欲望的記者編輯，只能悄悄將偷窺欲藏進鍵盤上飛起的字句，組合出充滿懸念的聳動標題，如果剛好契合大部分讀者的好奇心……那就是一篇成功的新聞——一篇成功替公司賺取利益的新聞。

身為一個不太資深的前新聞工作者，我讀《天國飯與地獄耳》是痛快的。說實話，記者編輯在臺灣非常不受待見，他們的專業常常被隱形，每天面對各式各樣的受訪者，必須在有限時間突破心房、採到足夠撐起報導的內容、捕捉到夠精彩的畫面，事後還得避免受訪者反悔不讓報導。

但其實採訪久了都知道，那些檯面下說的心裡話，才是最真實精彩的，可是我們都不能說，也不能有自己的想法，在上下夾擊的壓力裡，記者編輯大部分的時間只能是在「替誰說」。

不過在《天國飯與地獄耳》一書中，我們終於可以看到「自己說」的記者編輯了！在因疫情不能出國的鬱悶下，跟著曾是編輯的作者逛遍世界餐廳，走進不同美食風情，享受她偷聽來的八卦，刺激直率「超級重口味」！不論是在咖啡店耳鬢廝磨的小情侶、商務艙裡逗空姐笑開花的英俊乘客、搭訕店員的油條星探、討論大咖藝人行程卻不小心露餡的娛樂經紀人……簡直就是文字版的「爆料公社」！我們終於可以不用讀著只是標題聳動但內容虛無的報導，而是能盡情任由思緒及欲望在現實中奔馳，並且在她**獨特的點評、個人欲望**的攪拌中，**翻起一篇篇比現實精彩萬倍的故事，辛辣、挑逗、仇男、厭女、黑暗、諷刺**，而且還不用負責。

現在，邀請你一同成為共犯，只要翻開書頁，就能**暫離道德束縛，為不用掩飾的欲望乾杯！**

（本文作者著有《比鬼故事更可怕的是你我身邊的故事》，為電影相關科系出身的新聞從業人員。擅長用鮮活及銳利筆鋒，寫下自己的成長與職場經驗，引起現代讀者的廣大共鳴。）

推薦序二

偷聽，最真實的人性寫照

律師娘／林靜如

我也是會在咖啡廳寫稿工作的遊牧民族，雖然有時我可以專心到四海皆空的境界，甚至連旁邊發生爆炸都渾然不知；但偶爾放下手邊工作、整理思緒的時候，卻又不自覺的會被周遭各種不同的環境音所吸引。

每個人從小都被教導「偷聽」是不禮貌的行為，但有時即便我們不想聽，總會有聲如洪鐘的人唯恐他人聽不到似的高談闊論。遇到這種狀況，其實不少人也都覺得很困擾——才怪！更多時候還挺刺激的！

現代人看似冷漠的劃清界限，卻又總被現實給推近。在尖峰時段的大眾交通工具，就像是移動的沙丁魚罐頭，大家為了避免上班遲到，或是為了辛苦上班一天後可以早點回家休息，總是一股腦的拚命擠進車廂。這個時候，常常是擠到每個人必須「並肩而站」，別說是聽到旁人的聊天內容、看到手機螢幕畫面，甚至連呼吸都能清楚的感受到。就連我自己也曾聽過，情人間的囈語、員工抱怨主管機車、太太抱怨先生有多麼令人厭煩等。雖然我大多只是在心裡一笑而過，但其實這些聲音的背後，往往隱藏著更多有趣的觀點。

《天國飯與地獄耳》一書，作者集結了從世界各地偷聽而來的一篇篇真人真事。在刺激窺探的同時，即便只是透過文字描述，作者筆下所描繪的故事依舊讓我備受衝擊，也許是我的價值觀太過陳舊了吧！

不過，書中故事有的辛辣、有的讓人會心一笑，也有的令人憤怒，甚至令人髮指，但每個故事都精彩點評出文化差異、世代差距、性別歧視等各種社會議題，希望藉此引起大眾的反思。

正翻開這本書的你，是否也曾道貌岸然的享用著美味餐點，同時卻豎耳旁聽鄰桌的精彩八卦？還是曾在捷運上低頭假寐，卻仍暗自觀察著周遭的一舉一動？在讀完本書後，我發現一件特別的事，就是那些會引起我們所關注的八卦——往往都是越邪惡、越負面，越讓人覺得刺激且引人入勝。我想，這就是人性本惡吧。而這些八卦是人們茶餘飯後嗑牙的小點，卻也是最真實的人性寫照……。

推薦序三

他人閒話，你的人生

推理作家、律師／李柏青

那是十多年前的一個週末午後，場景在師大附近的咖啡廳。我端著筆電寫作，隔壁桌是一對互相對坐的男女。男性大約三十五歲至四十出頭，寬面方頤，梳了整齊的西裝頭，戴著粗框眼鏡，上半身休閒條紋襯衫整齊的紮進牛仔褲裡。就這個紮衣服的細節引起我的注意，畢竟這與師大商圈的氣氛有些格格不入。

女性則是類似年紀，長髮綁著不那麼公主的公主頭（我對女性髮型的詞彙貧乏感到抱歉），她穿著一襲連身白色雪紡洋裝，沒有太引人注目的飾品或妝容，用老一輩的方式形容，就是個「乾乾淨淨的女生」。

多數時間是男性說話，詳細內容我記不得了，大致上是某個太陽能實驗的操作。

他的語氣充滿熱情，彷彿那是個足以改變世界的科學發展，我不禁停下打字認真偷聽，並對兩位科學家無比感佩，心想或許可以從他們的對話中偷些東西來寫小說。

然後我聽到那位男士說：「這些就是我的工作，很無趣吧？」

原來這兩人不是在討論工作，是在相親啊！

理解了他們的關係以後，我才觀察到女方某些動作的細節，她雙手撐在大腿兩側的椅子邊緣，聳肩伸脖扁了扁嘴，自吸管中啜著冷飲，她臉上沒有表情，也很少回話。

從這裡開始，我偷聽的心態就全變了，心中不斷 murmur：「大哥，不要講什麼 TiO_2 啊，那沒有人聽得懂的……講專業也可以講得有趣點嘛！不，不，你把它翻譯成二氧化鈦也是沒用的……女生在看手機了，完了完了，她一定是要傳簡訊討救兵了……。」

說也奇怪，就這樣一對與我全然無關的男女、無關痛癢的對話，竟在我腦中一扎根便是十餘年，直到現在我還記得二氧化鈦哥誠懇的笑容、白衣姐姐百無聊賴的表情，倒是同一時間筆電上寫的東西，我一點印象都沒有。

事後想想，我所牢記的，其實是**偷聽當下那無所罣礙的心境**。無論當時生活有多少壓力，感情方面是否有波折，在偷聽那瞬間，心是空的，一切平靜如鏡；我不必煩惱討不討得到老婆，只為一場無關緊要的相親著急。能為無關之事著急，多好。

隨著時間流逝，我坐上了二氧化鈦哥的位置，發現自己講話內容更無聊，對面的女孩更不耐煩。這時，我便不禁想：不知道二氧化鈦哥和白衣姐姐後來怎麼了呢？他們結婚了嗎？還是結婚又離婚了？會不會他們就在後頭偷聽與評價我呢！

這大概就是偷聽別人說話有趣的地方，一點時光的空白，莫名的操心，過了幾年才發現自己身處同樣場景，是被聽而非偷聽，是我而非我。

作者岡田育的這本散文集便是這道理，**耳裡聽的是他人事，筆下寫的全是自己的人生**，從作者單身到已婚，從日本到紐約，每次偷聽都反映一縷美好的片刻，有美食、有心愛的人、有朋友，當然也有孤身一人時的美好。

我和作者年紀相仿，也曾待過紐約，同樣住在東村附近，她筆下某些場景喚起我對這座大蘋果之都的回憶。確實，沒有比紐約更適合偷聽的地方了。不過，比起日語的「地獄耳」這形容，天后媽祖自有順風耳將軍為祂聽取世情，我們偷聽，倒不如說是做神仙的工作吧。

推薦序四

從偷聽，到改變人生的關鍵

媒體人／少女凱倫

我是一個觀察力很敏銳的人，如同本書作者在餐廳吃飯、咖啡店用餐，目光常常會被周遭的人事物所吸引，進而有所啟發；累積更多的能力與見解，再透過文字紀錄，影響更多的人。

在這個過程中，也許感覺上只是「偷聽」，但其實某種程度也代表了我們參與了他人的人生，因而有所共鳴。

多年前，我在摩斯漢堡點完午餐，忙著寫作，左手邊的一位女孩，從坐下時就一直哭泣。因為聲音太大，引起了我的注意，接著她開始打起電話來。

「我都特地從南部上來找他了……為什麼他還是不願意見我？」聽到這句話，我瞬間明白，啊……原來是為情所困的孩子！

也許這句話聽起來很一般，你可能也會認為還年輕，不要浪費時間在爛人身上就好，但這不也是青春的模樣？

這讓我想起，十多年前我還在念高中時，當時的男友住在北海岸。某次吵了架、搞冷戰，我就從家中坐捷運晃到他家，但他仍選擇避不見面。最後，我意氣用事的跑到山上，逼著對方出來面對，但強求來的總是不美好……。

雖然幼稚卻也是生命的一部分，沒有曾經的無知與揮霍，何來珍惜現在與當下？

另一次，是在韓國留學時，我聽到隔壁桌大聲的說：「沒有專業，怎麼把報導傳出去，一個法律系來當記者都比我厲害」時隔多年，我對這句話依然感到印象深刻，原因是，當年我就存有這樣的徬徨。

我本身念大眾傳播學系，沒有什麼財經、教育、政治、司法等專業知識背景，有的只是整理資訊、傳遞資訊的能力，也不會太舉一反三，因此這偷聽而來的話，影響我甚多。

因此，出社會以後，我便抱持著「不能停止學習」的精神，努力閱讀各類知識書籍，透過汲取知識的過程，內化自我；也發起「跨界讀書會」，以書籍為名的社群運動，打破了職場階級與文化，實實在在將人脈深度串連起來。

對於本書作者而言，偷聽是一種無傷大雅的「共犯」行為，但若你獨自用餐又覺得食之無味，忍不住豎起耳朵時，也許留下的不止是八卦，更多是**反映人生百態，甚至促成你行動、改變未來的關鍵**。

前言
姊寫的不是八卦，而是超寫實人生

自古有句話說：「真人真事永遠比小說更精彩」，我很喜歡這句話。每當我聽到某些趣聞軼事時，總會忍不住想寫成故事，但只要一想起這句話，就會打消念頭。因為，既然不是小說，而是真人真事的話，或許還是維持其原創性才精彩吧。

然而，在網路普及的這十年來，媒體型態有了極大的轉變，真實故事已不再受到青睞。儘管新聞業界總齊聲呼籲應杜絕假新聞，或是善盡查證工作，但吸引大眾的還是那些充滿娛樂性，且讓人恍若身歷其境的虛構故事。

據說，業界甚至還有編造故事的各種範本，例如明明只是一群年輕人在速食店聊天，卻將之煞有其事的寫成：「剛剛，有一群高中女生在麥當勞……。」就像現在時下網路所盛行的都市傳說、寓言故事，或是網路上瘋傳的單口喜劇（按：俗稱脫口秀），那些編造的天衣無縫，假以亂真的故事，幾乎毫無破綻可言。

其實，我是一個超級小說迷，每每看到一些寫作技巧熟稔的作品，總感到望塵莫及。可惜的是，不管我再怎麼佩服別人，自己還是比較擅長從零碎生活片段獲得寫作靈感。

而**這本書，就是我在餐廳一邊享受美食，一邊偷窺鄰座客人、豎起耳朵，集結而成的作品**。只不過內容或多或少是從隻字片語揣測而來的，同時再加上一點想像，因此算是虛實各半。其中，縱有天馬行空的部分也絕非揑造。

常常有人會在作品加上但書，例如「本故事純屬虛構，如有雷同，純屬巧合」。此處請容許我改為「本書出現之人物、團體或事件，均為真人真事」，但故事畢竟只是故事，大家可千萬別當真。

書中的場景，以年輕情侶的聊天居多。那些拖著疲憊身軀、相互調侃的上班族令人忍俊不住；從熟齡夫婦的沉默無語，讓想像奔馳於過往的美好歲月。不論是哪一種，我總是與他人保持適當的距離，偷聽飛來的隻字片語，並且小心翼翼的避免露餡，同時也絕不干涉對方，或是隨之起舞。

在這般自我約束下，我將所見所聞一一寫下。故事的場景橫跨東京、鎌倉、札幌、尼斯與紐約，而且也不全是餐廳，但不變的是：一邊享受美食，一邊偷聽。

有時候，我會透過穿著打扮猜測人們的職業，卻往往被後來的談話給反將一軍。偶而也會在不知不覺中，欣賞起原本讓我嗤之以鼻的對象。這些人生故事不像戲劇都有結局。因此，我便悄悄的將聽來的一知半解，留下引人無限遐想的空間，讓這些真人真事比虛構小說還精采。

在他人空白的私人領域中，肆意的加油添醋，不客氣的大快朵頤雖是一種不可饒恕的罪行，卻又如此甘甜美味。在此，**我誠摯邀請各位成為共犯。**

偷聽是極其失禮的行徑，是自私、下三濫才會幹的壞事，但在我們的內心深處，卻總忍不住在意周遭的一舉一動，或是豎耳傾聽，或是偷瞄幾眼，或是偶而互作比較一番，甚至斷章取義的到處謠傳……因為，這些一口便可咕溜下肚的虛構故事，更是另一種口腹之慾的刺激享受。

真人真事既然比小說來得精彩，我們又怎能輕易放過？欸，不怕、不怕，俗話說隔牆有耳，各位不妨暫將餐桌禮儀拋之腦後，挑選自己喜歡的篇章，一睹為快！

第一話

偷聽，揭露我們與惡的距離

壽司店的一池春水

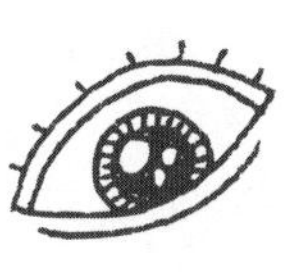

我常去的針灸診所，就在東京地鐵千代田線根津站附近。只要我跟我老公一起休假，我們總是會一大早半裸著身子，開心的並排在推拿床上，讓針噗嗤噗嗤的從頭扎到腳。接著，再到附近的餐廳好好享受一頓午餐。看到這裡，各位一定以為我們是老先生、老太太吧？其實，我也不過才三十來歲。

只是我天生不喜歡運動又不養生，所以有慢性疲勞方面的問題。在我決定嫁給奧托（拙夫，假名）的時候，他頭一個帶我認識的，不是婆婆大人或者親朋好友，而是這家針灸診所的醫師。

當時，他因為聽說針灸可以養顏美容、消脂瘦身，所以還特地邀我去一試，可惜這些在我身上絲毫不見任何功效。反倒是去了幾趟以後，肩膀痠痛和生理痛好多了，也不再動不動就感冒。只不過針灸結束以後，我們總會到谷根千[1]一帶採訪美食，體重反而因此直線上升了。

不過，因為針灸後身體會懶洋洋的，即使想悠閒的吃頓飯，我們也大多僅以蕎麥麵或烏龍麵了事。

偶而講究一點的話，就左彎右拐的到巷弄裡的「梶原壽司店」。這家店隔著不忍路[2]，隱身於以杜鵑花聞名的根津神社對巷。小小的店面雖然只有十個吧檯座位，卻頗有名氣。

中午時分，店內有十個握壽司、定價兩千五百日圓的主廚套餐（按：約新臺幣七百元，全書以臺灣銀行六月公告之均價〇．二八元計算）。小巧精緻的壽司一個接一個的上，讓每位客人都能享受到頂級美味、滿足舌尖上的味蕾。

其中，我最愛吃打上一顆鵪鶉蛋的白魚軍艦壽司，其他像是烏賊或青背魚也相當鮮美。而且以這等價格就能享用到高級壽司的店家並不多見，因此多花一點錢也絕對划算。

不過，這家店也不是你想去就能去的，常常不是座無虛席就是提早打烊。某天中午我們偶而路過，發現竟然還有空位便欣然入內。

---

1 JR日暮里以西的地方，取自於「谷中」、「根津」與「千駄木」三個地區的字首，因而合稱「谷根千」；以傳統懷舊的下町風情最為出名。

2 由東京上野的不忍池而命名的道路。

那是個春風和煦的星期六晌午。一踏進店裡，一只冰鎮著白葡萄酒的大冰桶與一對酒杯隨即映入眼簾。我心想，誰啊？大白天就開喝，不簡單喔。於是，立刻火眼金睛的將吧檯掃了一遍。

其實，我在嫁為人婦以前，也是一到週末就從白天開喝的類型。不管是在公園暢飲的沁涼啤酒、吃蕎麥麵時的熱騰騰清酒，我就連吃零食都要來杯香檳助興才行。有時，臨時被公司叫去通宵加班，我也會先喝個悶酒為自己加油打氣。相反的，我老公白天是完全不喝酒的。他會固定在某個時間起床，然後來一杯咖啡，晚上回到家再小酌一下。但是，晚上六點以前，他絕對滴酒不沾。這麼有紀律的生活，光是想像就讓人頭痛。雖然這並不是硬性規定，不過在耳濡目染之下，我似乎也越來越不喝酒了。

這對大白天在壽司店裡飲酒作樂的客人，不禁讓我回想起往日的美好時光。而且原木吧檯上的酒杯實在太過搶眼，以至於坐在隔壁的我忍不住一直偷瞄。我原以為是一對普通的熟齡夫妻，沒想到卻是氣氛不同尋常、有點年紀的男女。

❖

主導權似乎在女方身上。只見她倒酒的分量不一，看一看酒瓶後逗笑著說：「不管、不管，剩下都是我的。」一身普通衣衫並未特別妝扮的她，全身上下仍飄散著一股成熟風韻。職業不明、年齡不明，唯一可以確定的是，她一定是現任「女友」。男伴年紀雖稍大，但穿著同樣普通。只見他心甘情願的將自己與葡萄酒全權交由女方處理，同時笑咪咪的應和著。

說是男朋友或包養，未免不夠看頭，但也不像結婚多年的連理。我猜是各有離婚紀錄又臭味相投的酒友，又或者是酒店的媽媽桑與常客之類的。因為，他們的打情罵俏看起來更像是為了某種利益關係而結合。

只見女方自顧自的高談闊論，完全沒有降低聲量的意思。打量完這兩人的穿著打扮以後，我開始對他們的談話感興趣。趁著等第一道壽司的空檔，我悄悄豎起耳朵偷聽他們的談話。原來這兩人，不，應該說女方正在說馬肉呢。

「你知道嗎？信州的馬肉刺身（生吃馬肉）與九州的完全不同喔。信州的都是紅肉，可是九州的呢，有一層好漂亮的脂肪。啊～不行了，再說下去我都要流口水了！」

我知道這不關我的事。我只是沒想到竟然有人會無視於師傅的精湛手藝與專注，在一家江戶壽司店[3]大讚其他動物肉質的美味。熱愛霜降馬肉的她越喝越興奮，甚至開始誇起自己的故鄉。她對於眼前的頂級壽司視若無睹，從頭到尾都在說馬肉有多好吃。即便如此，師傅仍不動聲色的捏著壽司，臉上絲毫沒有一絲不悅。我們夫妻從真鯛開始吃起，在悄然無聲的店裡享用了三、四道海鮮。可惜耳朵裡迴響的除了馬肉，還是馬肉。

就在我越聽越入迷的時候，鮪魚壽司上桌了。我一口吃下脂肪比例恰到好處的生鮪魚，卻一點也感覺不到它的鮮美。

因為我整顆心都在隔壁的談話上，甚至想：「對對對，馬肉餐廳最後的那道馬肉壽司最好吃了……。」大腦思維與口感的落差頓時讓舌頭食不知味。突然，我有一種被鮪魚當頭棒喝的感覺：「拜託，這裡是壽司店耶，妳不要再胡思亂想了，給我專心吃魚。」

當然囉，這位女客對於這一切完全無感。只見她一隻手將穴子（海鰻）或玉子燒壽司送入口中，一隻手握著幾乎溢出的酒杯，越說越起勁：「不過，最難吃的就是馬肉火鍋！」那位始終微笑附和的男伴似乎受到煽動，於是向女方暗示近期可能去九州出差……。

接下來的對談，總算讓一切水落石出。

「真的啊，拔爸。如果你要去的話，一定要幫我買喔！我什麼土產都不要，就是要馬肉。而且我不要冷凍的，一定要那種生食的真空包，那個才是最頂級的！嗯，如果沒有的話，煙燻的也是可以接受啦……耶，馬肉馬肉！欸，你吃吃這個玉子燒壽司，很好吃喔！」

我吃著不知是第幾道壽司的鰈魚，靜靜享受口中的鮮美。剛剛還因為這位女客的舉止忿忿不平的心情，突然之間煙消雲散。因為在我拍桌子罵人以前，就忍不住捧腹大笑。

3 江戶時代指一六〇三年到一八六七年間，德川家康開創的幕府時期，又稱德川時代。從江戶末期起，開始提供現點現做的捏壽司給客人吃。

相較於她這種不擅察言觀色、對欲望直言不諱的人，我卻是那種容易糾結於小事，搞得自己一肚子火的人。我想，這大概是因為我本身不夠強大的關係吧。

就好比在神聖的牛久大佛[4]、科科瓦多山的基督像[5]，甚至是港口停泊的豪華客輪之中，突然看到一輛巨型挖土機，任何人都會被嚇到，然後莫名覺得好笑。所以，與其說是佩服：「蛤？在壽司店談論馬肉？這個女的也太猛了吧！」倒不如說整件事根本荒謬到不行。另一方面，我也對自己僅僅因為旁人在酩酊大醉下，不尊重壽司師傅的失禮行為，而輕易動怒感到難為情。

從這位馬肉女郎濃厚上揚的眉角，所散發出來的堅定自信，彷彿在向眾人宣告：天底下沒有男人不愛我，但我只愛美食，所以想要追我的人，就得先獻上山珍海味。而我能享受到多少美食，你就能獲得多少青睞。

我猜這大概是她歷經經濟泡沫期所養成的價值觀吧。換句話說，不是高級貨，就入不了她的眼。而且更不會對男人頤指氣使，只為了到某一家店，用多少錢搶購某一款肉品之類的。

更何況就現在的潮流而言，與其找一個工具人來跑腿，倒不如自己上網訂購還來得快。

這位女客的要求其實很單純：「諾，將世上的山珍海味全都給我找來，而且最好還要生的。」於是，大啖鮮美的壽司以後，她還覬覦馬肉。這女人就好像捧著銀盆的妖姬莎樂美[6]（Salome），只不過她抱著的是不鏽鋼冰桶；有時又握著酒瓶，心機的用傾斜的酒杯來顯示她和男人的關係。對於我們這種覺得葡萄酒就該由男性來服務的老古板，是學也學不來的魅力。

這一對年紀不小的情侶，不像夫妻、不像偷情也不像普通朋友。我甚至妄想，說

4 為世界第三高的佛像，位於日本茨城縣。

5 巴西里約熱內盧的地標，大型的耶穌基督像裝置藝術。在二〇〇七年入選為世界新七大奇蹟。

6 集罪惡、淫亂於一身的美麗壞女人象徵，將預言家約翰斬頭以後放在銀盆中狂吻。

不定夜深人靜後，他們還時常上演女王與奴僕的戲碼……？敢在壽司店懸念遠在天邊馬肉的她，全身上下散發出強烈的官能氣息。我還挺好奇的，如果那位男伴帶回冷凍馬肉的話，不知下場會如何？結果，我在被這個囉哩囉嗦的大嬸搞毛以前，竟然就已經笑到直打哆嗦。

❖

當我們步出壽司店前往根津站搭車的時候，我忍不住多嘴一問：「欸，剛剛隔壁說的，你都聽到了嗎？」沒想到我那乖乖牌的老公竟然也像小飛象一樣，張大耳朵偷聽馬肉的八卦。

他回說：「很好啊，吧檯的客人都很安靜在吃壽司，我們就是偷聽也不會穿幫。」

試想，如果將同樣的場景換成咖啡廳或者居酒屋，偷聽就會顯得非常突兀。例如，不自然的四目交接、刻意壓低聲量的說說笑笑，或者用餐到一半卻突然一動也不動，彷彿卡到陰……。我想再怎麼遲鈍的人，在這種氣氛下也知道自己已成為別人關注的焦點。

任何人都不喜歡被別人盯著看，或者被別人聽見自己的聊天內容，但若周遭有任何風吹草動，我們卻總忍不住豎起耳朵，讓眼睛咕嚕咕嚕的四處觀察。在這個時候，一定要盡量避免穿幫。因為這除了是基本禮儀，同時也是將八卦從頭聽到尾的訣竅。

在春風和煦的週末午後，梶原壽司店一如往常般寂靜無聲，除了馬肉女郎的滔滔不絕以外。現在回想起來，或許我們夫妻、其他客人，甚至默默捏著壽司的師傅，大家表面上雖然一副享受寂靜的從容，其實每個人都宛如小飛象一樣張大耳朵，句句聽的分明。同時，也忍不住在內心咒罵：「妳這個女人，還不快點跟鮪魚道歉。」

或許有讀者會憤憤不平的指責：「竟然在餐廳吃飯時偷聽隔壁桌的對話，這不僅侵犯了他人隱私，不分青紅皂白的隨意揣測、到處八卦的心態更是失禮又不成體統，虧妳還說得出口！」如果你也這麼想的話，就不適合繼續閱讀下去。眼前的美食與趣聞、由日常牢騷所積累而成的極度荒謬與可笑，可不是金錢或勞力買得到的即時娛樂。就像我們看到隔壁桌的餐點，就忍不住也想偷吃幾口一樣，偷看幾眼或身不由主的偷聽，所帶來的這甜美誘惑，總讓人內心蠢蠢欲動。

對於道德感較強的讀者而言，本書絕對不成體統而且有辱斯文。凡是願意避開世人眼光，與我分享祕密的讀者們，請認清自己可能犯下的罪惡與過錯，與我一同墜落地獄吧！

咖啡廳的獵豔高手

近幾年，「數位遊民」（Digital Nomad）雖是大眾朗朗上口的名詞，卻鮮少人知道它的來龍去脈與命名由來。不過，只要上谷歌一查就會得出以下說明：

「Nomad 即遊牧民族，指不在住家或辦公室，而是在咖啡廳與速食店等地方，利用筆記型、平板電腦工作的族群，亦稱為數位遊民。」（摘自 goo 辭典）

一九九〇年底至二十一世紀初期，那些成天抱著笨重手提電腦及行動器材的上班族被稱為「行動族」（mobiler）。經過十幾年的歲月洗禮，電腦越變越輕，區域網路 LAN 的機能也日益先進。時至現今，只要從包包裡拿出一臺蘋果的 MacBook Air，大家立馬就會想：「齁，數位遊民喔。」但這裡的數位遊民，大多是不隸屬於任何公司行號、不在辦公室工作的個體戶。

在澀谷車站附近，有一家免費提供充電及 Wi-Fi，電腦族最愛的人氣咖啡廳「café croix」，堪稱手機族的綠洲與充電補給站。這家店坐落於某棟住商大樓的頂樓，店面不大，但隨處可見使用電腦的客人。

但是，即使有免費網路可使用，一般店家也不可能讓你在咖啡廳坐上一整天。於是，這麼一家不起人，還提供餐飲、酒品與甜點的地方，簡直就是天堂。儘管餐點稱不上美味，但也不至於難以下嚥。雖然我有時也會受不了其他癮君子的煙幕攻擊而早早走人。不過，因為就在車站附近，所以有一陣子我還是這家店的常客。

對於數位遊民而言，他們很容易因為隔壁桌的對話，而無法專心工作。而在「café croix」就聚集了形形色色的神祕人物。例如，一些開著 MacBook Pro 大螢幕、打扮時尚有型，卻一臉心不在焉的設計師；還有一身西裝筆挺的男性，好像在確認唱片封面或 T 恤標誌什麼的，時不時探著頭看電腦的螢幕，說了一堆意見，然後又一語不發的走人。

我當時還納悶這些人有必要將客戶叫來這裡碰面嗎？其實，他們就是想透過這種「順便吃個飯」的形式，讓事情更乾淨俐落。因為如果在辦公室談公事，一旦客戶不滿意，難免就會沒完沒了。

換言之，咖啡廳的悠哉氣氛反而讓這些上班族無法久坐。

話說某天，這家咖啡廳來了一對不像上班族的男女。不久以後，來了一位女大生。接著，又出現一位身穿夾克便裝，貌似演藝界人士的中年男性。只見這個男人難掩興奮的說：「唉唷，好可愛喔」便帶著這位素昧平生的女生消失在深夜裡。欸？剛剛是怎麼一回事？這兩人是什麼關係？是聯誼第一次見面？還是偶像明星的陪睡潛規則？只見剩下的那對男女一邊吃飯，一邊看著電腦討論，然後離去。可惜的是，至今我還搞不清到底是怎麼一回事。

就像這樣，我經常因為在意這種事情，而影響到工作進度。而且，自從那位女大生消失在暗夜以後，就使我更在意周遭的動靜了。後來，我更沒想到免費提供充電與Wi-Fi的咖啡廳，除了深受數位遊民歡迎以外，也是學生族群的最愛。

❖

有一次，這家咖啡廳來了三位女生。聽她們的談話似乎曾經就讀於附近的大學，而且也是這家店的常客。

她們正在聊婚活[7]，於是我忍不住放下手邊的工作，一邊將加入萊姆片的可樂娜啤酒咕嚕咕嚕的喝下去，一邊偷聽她們在說些什麼。

現在的年輕人這麼早就擔心嫁不出去？對於她們來說，二十幾歲正是為事業打拚的時候，結婚或生孩子什麼的都言之過早吧。目前的生活重心應該是工作、工作、工作啊……。欸，好吧。這只是敝人的淺見。

其中一人說：「妳們看，這個網站的聯誼活動很高級喔！」其餘兩人立刻打開手機並註冊會員。她們的閨密情誼讓人不可置信，以至於我不斷喝著可樂娜，繼續讓電腦陷入沉睡狀態。她們不是在討論婚活嗎？不是應該先搶先贏嗎？談戀愛還呼朋引伴，是嫌情敵不夠多嗎？換作是我的話，肯定暗地裡偷偷來，打死也不說。

「謝啦，或許這次我可以找到命中注定的白馬王子！」

「沒什麼啦，上次我找的商店街聯誼爛透了。這個算是補償吧，不要生氣啊。」

「蛤？是那個橫濱的聯誼吧，怎麼了嗎？」

她們開始轉移話題，嘰嘰喳喳的聊起商店街聯誼。商店街聯誼是為了振興地方經濟所舉辦的大型交友活動。主辦單位會提供幾家餐飲店，為參加者製造認識異性的機

---

7 為了結婚而進行的活動。

會。這種聯誼的好處是透過團體行動，可藉此降低搭訕的門檻，而且活動範圍較大，遍及好幾條街，不像傳統相親那般不自在。

不過，其中兩位女生參加的那個商店街聯誼似乎相當糟糕。開口邀約的女生為了贖罪，便大方公開自己常用的婚活網站。

「別說了，不管去哪家餐廳，盡是一些聯誼老手。連自我介紹、詢問工作或嗜好的臺詞完全一模一樣，真不知道他們到底跟多少女生說過同樣的話。有些還兩個人一組，一個裝傻、一個吐槽，妳都不知道有多像搞笑藝人。」

「既然是聯誼老手，不就表示沒啥行情？還是其實他們有女朋友或老婆，只是出來玩一玩而已？算了，不管是哪一種都超雷的。」

「有些人還把我當酒店小姐咧！拜託，我們也是有付錢的好嗎？我還想跟他們收『諮詢費』呢！」

連我都可以想像，這些男性那種冷靜分析，一切了然於胸的模樣。不過，當他們越是想討女孩子歡心，越是舌粲蓮花，就越惹人厭，反倒落得搞笑藝人的下場。又或者，他們就只想花一點小錢來這裡吃吃喝喝，因為怎樣都比去酒店便宜。而且，每一輪都是素昧平生的女生，他們就可以一而再、再而三的炫耀或抱怨，並且從中得到無比的滿足。

這也難怪那些想透過聯誼認真戀愛的女生會憤憤不平要退費。

我本來是來這裡趕工作的，卻不自覺的跟服務生說：「再來一瓶可樂娜，還有脆蝦吐司。」其中一位坐我旁邊的女生聽到以後，也叫住服務生：「不好意思，也給我來一瓶。」當時，我還以為自己穿幫了，而嚇了一大跳。

「那個男的簡直爛透了！大家坐下來乾杯也不過幾分鐘吧，他竟然跟小香（假名）說：『妳知道嗎？妳是我第一個想要保護的女孩子……』。」

「我第一個反應就是，蛤？本小姐需要你保護嗎？」

「小香會躲在男人後面尖叫嗎？哈哈，我還真沒看過。」

「對第一次見面才剛打招呼過的女生，到底胡思亂想些什麼啊？才幾分鐘耶！」

看來這位既不壯碩也不是保家衛國的阿兵哥或警察的男子，突然自我感覺良好的演了一齣英雄救美。而這位有著一雙水汪汪大眼睛、一頭咖啡色飄逸長髮，讓男人想細心呵護的小香妹妹，卻毫不領情的說：「那種娘娘腔根本不是我的菜。」一副體育會系女子[8]，又帶點小太妹的口吻。

她不屑的繼續罵：「我跟妳們說，那種整天把『保護你』掛在嘴邊的男人，一出事絕對跑得比誰都快！」看樣子，她也有一段辛酸的過往吧。

另一位參加聯誼的女生也有同樣遭遇。她與某位男生交換電話以後，才發現他也是自我感覺良好型。只見她打開手機的LINE，給閨密看對話。

「下班後我只是傳個『好累啊……』，這傢伙竟然回傳『小雪就是太認真了！』蛤，有沒有搞錯啊？如果我們已經交往了一、兩年，他這樣回我還能接受。但我們才見過一次面，好幾天也才傳一封簡訊，他連我是做什麼的都不知道耶……。」

「天啊，噁心男一個。他一定非常自我陶醉，因為小雪需要我來安慰呢。」

「不過就是在聯誼認識的，他是知道個什麼東西啊。就好像女生只要幫忙擺擺筷子，分分沙拉，就會有人說：『妳好賢慧喔。』而且，他憑什麼直接叫妳小雪？他應該說：『杉本（假名）加班到這麼晚，真是辛苦了。』不是嗎？」

小香妹妹不愧是體育會系的女生，對於禮節總是一板一眼。不同於那些搞笑二人組，她在異性面前絕對不阿諛諂媚，即使是私底下的玩笑話也會被她一一制止。

❖

這三位女生最後得出的結論是：「商店街聯誼真的太瞎了」、「那種只是來玩玩、還算可以的男生絕對不行」、「還是去有配對功能的聯誼網站，認真找比較好」。

隔著些許距離並排而坐的我，雙眼盯著電腦螢幕，一邊假裝認真工作，一邊大口咬著酥鬆的脆蝦吐司。對於三十歲過了一大半的我而言，這些小女生突然讓我有種似近還遠的感覺。

在平成時代出生的女孩子，即使大學畢業後擁有一份正職工作，她們仍對未來感到茫然不安。因為，自她們懂事以來，大環境已持續不景氣好幾年，所以自然也就無從得知日本過去富庶的榮景。但像我這種在泡沫經濟後期長大的人，實在改不了悠悠哉哉的習性，心底某處總盤算著：「管它的，先享樂再說吧。」然而，這些年輕女生想的卻是如何為自己打造一座城堡。在她們亮麗的外表下，反而有著如此保守的個

8 體育會系女子，指擅長團體行動和上下階級關係，參與的活動幾乎都是同好的女性。

性。不論是雙薪家庭、嫁入豪門或在家相夫教子，只要一有合適的對象，她們馬上就會決定結婚。對她們來說，那些談戀愛的粉紅泡泡，似乎只是在浪費寶貴光陰而已。

所以她們的感情非常深厚，總是三個人一起行動，完全不介意排排站的被異性品頭論足，也不怕被比下去。相反的，三個人反而創造出三倍以上的價值。我猜她們剛剛在聯誼網站登錄的時候，也一定是三個人嘰嘰喳喳上傳照片什麼的。不管任何人看到，應該都會覺得她們是一群個性開朗的社交型女生吧。

後來，小雪不安的說：「嗯，不過如果只有我找不到男朋友，怎麼辦？」另外兩人馬上安慰說：「怎麼會，妳長得這麼可愛！」或者「對了，誰找到男朋友的話，就要介紹其他男生給我們喔。」唉，這種以結婚為前提的團體戰，中途想分手也很難吧……。也就是說，這些女生相當清楚與其「單打獨鬥」，不如打「團體遊擊戰」，才是最有效的策略。

咖咖廳的翻桌率因為數位遊民的占領而變差。最近「café croix」也開始張貼「請勿久占座位，以利其他客人使用」的告示。在這家酒品種類還算豐富、餐點還算好吃、電腦還算打得下去、環境還算可以的咖啡廳，我只要一坐下就起不來，而且還會不斷的點餐。然而，「還算可以的男生絕對不行喔」這群小女生的話卻在我耳邊迴盪不已，以至於有一陣子我都不再光顧了。

神鬼交會之窮凶惡地

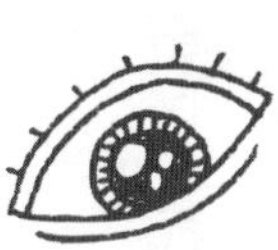

只要是大都市，世界各處都有營業至深夜的速食店。與白天並無兩樣，店內到了夜裡依舊燈火通明，成了人們夜路行走時的依靠，同時卻也讓人感到有些悵然與悲傷。

這些速食店不像架上商品琳瑯滿目的超商，也不像自助加油站那般杳無人影，只見玻璃窗內桌椅齊整，卻明顯乏人問津。即便在深夜裡，沒有客人上門光顧，亮晃晃的店面還是閃耀著寂寞的光芒，只為了不知何時蒞臨的客人。

於是，這些店恍若在暫時停止運作的狀態下，伴隨亮晃晃的燈火死去。我想今晚世界各地也有不少如此孤寂的速食店吧。

其實，東京澀谷區也有這麼一家二十四小時營業的小吃店，就在北參道十字路口附近，是一家立食的「吉蕎麥」代代木分店。這家店離我公司不遠，只要當季食材是紅蘿天婦羅，我就會像毒癮發作般，三不五時的光顧。

蕎麥麵店的紅蘿天婦羅，這道帶點柑仔店平民風的菜色，最適合站著吃的氛圍。因為紅蘿天婦羅在一般蕎麥麵店並不常見，所以每次只要在菜單上發現它的蹤影，我必定喜孜孜的點下。話說回來，我雖然這麼愛吃，對於它的味道卻沒什麼特別的印象。

總而言之，吉蕎麥就是一家很普通的小吃店。其實，我並不在乎店家的知名度或者美味與否，只要是紅薑天婦羅就心滿意足。我之所以偏好「吉蕎麥」代代木分店，其實另有原由。它的獨特之處，在於它是面對大馬路的三角窗邊間店面。這棟銳角形建築物聳立在面積狹窄的土地上，但店家又偏偏選在一樓展店，導致店內裝潢搞得跟現代藝術一樣。聽說這可是犯了風水的大忌，可不是嗎？

不過，這家店有意思的還不只是地形而已。例如，右前方是車潮擁擠的明治大道，再過去是通往明治神宮的北參道口。而左前方是一條連結ＪＲ代代木站的小路，由於隔壁是某大政黨總部，所以被稱為「共產黨路」。店面的正前方也就是三角形的頂點，放置了一個相當礙眼的郵筒，有點像沖繩辟邪用的石敢當[9]，讓路人進退兩難。

好了，這家店右有明治天皇坐鎮，左有共產黨護駕，正前方還有一個石敢當的郵筒，要是再來個平將門[10]的項上人頭就萬事齊備了。這家店的風水難得如此凶煞，用

9 用於辟邪的石碑，大多立於街巷之中，尤其是十字路口等被稱為凶位的牆上。

10 平將門，平安時代之關東武士，因自立新皇被斬首而有日本三大怨靈之稱。

來賣蕎麥實在太可惜。它甚至可以當作橫尾忠則《Y字路》[11]系列的拍攝場景了。

總而言之，這家店就是一個神鬼交會的窮凶惡地。

❖

一個大雨磅薄的夜裡。原本打算在辦公室通宵熬夜的我，就這麼餓著肚子賴在座位上拖拖拉拉。直到凌晨三點，飢腸轆轆的我終於忍不住外出覓食，但當時也只剩一家店可以選擇。

在日本人所謂的丑時三刻中，三更半夜裡除了敲打著雨傘的偌大雨珠與汽車時不時濺起的水花以外，一切悄然無聲。悶熱的溼氣讓肌膚冒出汗水。這個時候最適合來碗冰涼涼的蕎麥麵。欸，算了，還是吃紅薑天婦羅吧⋯⋯。就在我內心為此苦惱不已時，隔著雨絲形成的雨簾幕，我一跨過北參道的十字路口，就看見吉蕎麥在黑暗中悄然浮現。

啊，我想到了。與其說這家店是橫尾忠則「Y字路」的場景，其實更有愛德華·

霍普（**Edward Hopper**）筆下《夜遊者》[12]（***Nighthawks***）的味道。

慵懶的店員、有氣無力的客人與沉睡的街道，使得這家玻璃櫥窗的小吃店宛如大型金魚缸般沉寂無聲。即使是深夜時分，店內依然燈火通明，迎接所有生理時鐘失序、徹夜無法入眠的客人。即便是那些味道普通的招牌菜，不知為何都讓人有種極其珍貴的感覺。

或許，這是夜行者特有的歸屬感吧。對於那些正軌生活、日出而作日落而息的人們來說，是無法理解的——在孤立感與疏離感的相互牽引下，散發出完全不同於白天的神祕魅力。

才剛踏入店門，不知為何店內比外面還來的冷風颼颼。我猜應該是風雨從故障的自動門隙縫灌進，助長原本就太冷的空調的緣故。又或許是將門那顆頭顱在作祟也說

---

11 日本代表性平面藝術家。以山口縣的 Y 字路風景為主題，並混雜了過去、現在、未來、幻想與現實的系列作品。

12 以人們在城市餐廳吃晚餐為背景，藉此描繪寂寥的美國城市光景。可掃描下方 QR Code，參畫作。

不定。反正我一身溼淋淋已冷到徹骨，還是來碗紅薑天婦羅吧。

當我將餐券放在櫃檯上，回頭看了一下，才發現空蕩的店內已有客人入座。他們的西裝上別著胸針，桌上還放著泛舊的白手套。這家深夜食堂顯然是計程車司機們凌晨三點的休息去處。他們的談話雖然熱絡，卻不像是相約而來。我想，也許是因為同行的關係，才讓他們天南地北的聊了起來。只見這些人吃完蕎麥麵也沒有要離開的意思，談到盡興處還起身去倒個水來喝。

我以前也有這麼一家常去的蕎麥麵店。那家店位於住宅區的站前商店街。會搭末班電車來這裡用餐的，不是腳步踉蹌的上班族、無飯不歡的學生、剛下班的酒店小姐少爺，就是穿著家居服，怎麼看都不像會在家裡開伙的情侶。

這些人雖然井水不犯河水，但都在同一個街區生活。相反的，會來這家開在大馬路、離車站有段距離的吉蕎麥的人，大多是開著車子來，尤其是以開車移動為主的深夜勞動者。當我回過神來的時候，竟有一種置身於高速公路休息區的錯覺。

接過托盤以後，我特意選了一個視線死角的座位，以免打擾這些運將的興致。只可惜不論我再怎麼豎耳傾聽，他們口中的下個週末該怎麼投注、那匹馬的全盛時期可厲害了、某某騎師轉行改去訓馬了，或者什麼地方的馬棚還真厲害……。對我來說，完全是鴨子聽雷，有聽沒有懂。我只好一個勁的埋頭吃著紅薑蕎麥麵，同時拿出手機打發時間。

就在這些運將聊得正興高采烈之際，天外飛來一個亢奮聲音：「蛤？真的喔！不過，一次可以跑幾頭馬啊？」

我不禁想，你也幫幫忙，馬是用「頭」來計算的嗎？應該說幾「匹」吧。

「還能跑幾匹啊？全都上場的話，不就亂成一團了！怎麼可能！」

發言的仁兄是站在櫃檯後頭的店員，看起來比我還門外漢。他時不時的跺跺腳，甩甩肩膀，沒有一刻靜下來。同時，用硬邦邦且有如大聲公般的嗓門，不斷在其他運將的閒聊中插上一腳。

說穿了，他就是怕自己睡著了。

我猜這一定是他晚上值班時趕瞌睡蟲的小撇步，不斷透過身體的擺動或說話，來抵抗睡魔的侵襲。其實，會來這種立食麵店的客人，一般都是吃完拍拍屁股就走人。而且深夜以後也少有客人再上門，這位仁兄此時應該都是在廚房後頭打盹吧。不過，今天的滂沱大雨，加上平日的夜深人靜，讓運將們一個個都意興闌珊，打算就這麼打混到天亮。他拉扯著喉嚨直吼，就像在對著重聽的老人說話一樣，讓我不自覺的偷偷收聽這個頻道。

此時，突然一陣窸窸聲響，有人加入戰局。

「喔，你總算睡醒啦！」

「欸……。」

原來那個人趴在有椅子的座位上睡著了。從我這個角落只能偷聽他們聊些什麼，卻看不到這些人的長相，不過聽聲音，這人應該比熱烈討論賽馬的運將阿伯們再年輕一些。

「我說你啊，該回去了！還是早一點回家吧！」

店員就像在發聲練習一樣，一貫扯著喉嚨直吼，但這位客人卻像是睡飽了，只見他無奈的說：

「回去……怎麼回去？沒電車了啊，我家在立川耶……。」

「蛤？難道你想等首班車啊，還很久欸！」

「對啊……應該會直接去公司吧！喔，沒啤酒了……。」

看起來這位客人不是運將，而是喝到掛的中年上班族。因為運將再怎麼躲懶，也不敢在出車時喝酒。

「你想想，電車要搭很久耶……而且在車上就算睡死了，到站以後也會被叫醒……。那我回家就睡不著啦，這樣我還要吃安眠藥呢，醫生開的。哈哈哈……。」

一位運將插嘴：「也是啦，直接從這裡去公司的話，還比較有時間睡，對吧？小老弟。」

接著，店員像是完全失控般，發出靈魂深處的吶喊：「說得也是！」

試想，花一碗麵的錢就能換來一個棲身之所，去哪裡找這麼好康的事？更何況「吉蕎麥」標榜的是天然風味，我也常常將湯汁喝個一乾二淨，雖然他們的味道沒有好吃到讓人念念不忘，但也說不上難吃。

就在我吃完一整碗麵，步出店家的時候，聽到一位運將叨唸著：

「雨這麼大，大家還是早點收工吧。現在不像從前囉，有誰喝醉了還會在這個時間，叫輛計程車回家呢？」

不是吧，眼前就有這麼一位爛醉如泥的客人，死活都把他送回立川，不就小賺一筆？欸，我連吐槽的力氣都沒有。在一家夜深人靜的蕎麥麵店，有趕不上最後一班電車的客人、計程車與運將，卻什麼也沒有發生。因為大家都提不起勁，懶到連家都不想回。

❖

如果將《夜遊者》畫作背景換作日本的話，那就非這種二十四小時營業的立食蕎麥麵店莫屬。例如，坐在吧檯吃三明治與喝咖啡的紅衣女郎，換作日本的話，一定就是紅薑蕎麥麵。

這種麵店既不像客人可以久坐的連鎖餐廳，也不像居酒屋、酒吧媽媽桑那樣為錯過末班車的客人貼心提供飯糰或味噌湯；反倒更傾向一種冷漠、千篇一律又帶點惆悵的氛圍，不過這和明明是現點現做，吃起來卻總有股冰箱味的百元漢堡完全不同。因為那暖呼呼的醬汁風味是如此令人懷念。

徹夜暢飲以後，搖搖晃晃的去麵攤吃一碗蕎麥麵，是江戶時代所傳承下來的日本文化。不論店家使用的是自助式點餐售票機，或是僅靠外籍工讀生點送餐，都讓我們一到三更半夜，便莫名的想吃蕎麥麵，不論美味與否。

一口喝下熱騰騰的醬汁，或者再加點麵湯，這不知道安撫了多少夜不成眠與無所適從的心。比起用薯條或拉麵來隨意果腹，蕎麥麵更給人一種善待自己的感覺。因此，立食蕎麥麵雖然也是速食的一種，卻並非垃圾食物，而是天上人間的美食。

白天的吉蕎麥就是一家普通的麵店，但那天雨夜的種種卻讓我印象深刻。那種**孤立感、疏離感，與無心工作且疲憊的客人，形成一個精采的共犯結構**。

後來，我回到辦公室，因為沒有心情工作，便默默搭電車回家了。清晨時分，我在共產黨路前往代代木車站的途中，與一大群生活規律的上班族反向而行。我縮著肩膀緩步前行，對於浪費了一整晚的自己感到愧疚。那位吃安眠藥的男客大概也像我一樣縮著肩膀，默默的去上班吧。說不定他還被女同事嫌：「經理，你昨天又沒回家了齁？唉唷，臭死了，一身都是蔥味。」

披薩店的德國青年

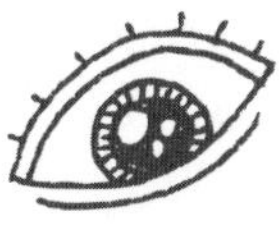

我還在念書的時候，有一次跟同學去巴黎玩。當時，在一家精品店看到一頂貝蕾帽。我便對著鏡子戴起來賞玩一番。說時遲那時快，一位身材高大、鼻子堅挺的店員立刻趨前，堆滿笑容的說：「Good. You look very Paris.（真好看，妳看起來很巴黎）」。

我知道她是在讚美我。不過，那濃厚的法文腔聽起來卻像是在嘲諷：對啦！超像巴黎女生，不妨再穿上一件橫條上衣，手臂夾著一條法國麵包，那就更像了。或者你們日本人來巴黎就喜歡來這一套。一想到自己在土生土長的巴黎女性看來，竟是如此模樣，就再也高興不起來，取而代之的是滿滿的羞愧。於是，我們丟下貝蕾帽，倉皇離去。

我一位瑞士的朋友來東京實習的時候，因為是標準的瑞士人性格，常被同事取笑：「Because he is very Swiss.（因為他很瑞士）」他這個人從不遲到，桌上總是乾乾淨淨，體格健美卻吃得不多，聚餐一定會吃起司。

沒辦法啊，誰讓他是瑞士人呢。

雖然大家不是故意說他壞話或者欺負他，但我每次聽到總心生內疚。因為並不是每個瑞士人都那麼瑞士。不過，我這位朋友真的很守時，也會好幾種語言，總是穿著一件厚毛衣，從他的隨身物品也在在看得出他的潔癖。重點是，他還寫了一手好字——線條簡約的瑞士體（helvetica）。總而言之，他全身上下就是大家口中的「Very Swiss」（正宗瑞士人）。或許是我搞不清楚狀況，才會為這些種族歧視的玩笑替他打抱不平。

前幾天，我在紐約遇到一位只能用「He is very German」來形容的德國男子。當天我們夫妻在外面用餐，隔壁桌坐了一對男女。我瞄了男客一眼以後，忍不住悄悄跟奧托說：

「欸，你看隔壁那個男生，天啊，他一定是德國人……！」

❖

那家義大利餐廳叫作「Gemma」，位於鮑威利飯店（The Bowery Hotel）一樓。這家飯店因為看準鮑威利重劃區的潛力而進駐。當時，我們夫妻就入住於此，無奈遇到風雨交加無處可去，只好來一樓的「Gemma」填飽肚子。在我們坐定位以後，才發現這家餐廳非常有名。即使外面狂風暴雨，店內仍座無虛席。

我和老公點了沙拉、前菜與披薩以後，喝著先上的飲料。奇怪的是，我突然有一種搖晃的感覺，就是抖一抖、抖一抖的晃，稍停片刻以後，又開始抖一抖的亂動。我手裡的白葡萄酒也跟著這個節奏晃個不停。

原來始作俑者是隔壁桌的中年女性。以美國的標準而言，她的體型還算普通，就是豐滿了一點。這位女客身穿一襲黑色洋裝，露出胸前的豐腴。她興奮的抖動身體，以至於緊鄰牆壁的一排沙發也晃個不停。連帶坐在隔壁的我，也不得不配合椅面的震動而上下彈跳。

我當時還想，這個女人怎麼了，吃錯藥了嗎？原來，她不過是在應和坐在她對面的男伴而已。她的男伴是一個德國到不行的日耳曼男人，而且是那種讓人目不轉睛的帥哥。唉，怪不得她臀部動得如此厲害。看來蠢蠢欲動的，是這位女士的臀部哪。

在海外旅行的時候，因為在海外沒有人聽得懂日文，因此我們夫妻比較不拘小節，講話聲音也大了起來。儘管如此，為避免穿幫，我們還是刻意將「Deutsch」（德國）發音成日文片假名的「doitsu」。同時，也竊竊私語的說：「欸，你看，隔壁桌的男生超帥，超像德國人」、「真的，德國到不行」、「穿上軍服的話，肯定像阿兵哥」之類的。

若要用一句話來形容這位美男子的話，其實他頗符合「純種雅利安人[13]」的具體形象。這個條件來自於戈培爾[14]所期望（Goebbels）的高大、戈林[15]所期望（Göring）的聰穎與希特勒所期望的金髮……這些歷史上最愚蠢不過的種族分類，擱在今時今日，雖然都是無稽之談，但在當時可是金科玉律。

換作二十一世紀來說，他應該就是「愛芙趣」（Abercrombie & Fitch）的御用模特兒吧！這家成衣品牌因種族歧視而惡名昭彰，例如模特兒只能是白種人，員工的待遇或店員的服務態度也都充滿種族歧視。對這家公司來說，凝脂般的肌膚、金髮碧眼、鼻梁挺直而且瘦長的高加索人（Caucasoid，白人的代稱）才是他們所崇尚的。但是，

13 在希特勒的種族理論，認為具有金髮碧眼的雅利安人是最高貴的純種人。
14 納粹時期之宣傳部部長，自幼染患小兒麻痺，因此雙腳長短不一。
15 智商高達一三八，創立蓋世太保，卻因判斷失誤而兵敗如山倒。

那種只出現在西洋美術中的蓋世英雄，或者迪士尼電影裡的白馬王子，反而讓人覺得做作。

儘管我總是口是心非，宣稱亞洲人比較對我的味，或者膚色什麼的根本不重要，我的目光仍不由自主的透露出些許崇拜。因為與生俱來的差異所產生的認知偏差，可不是那麼容易抹平的，總悄悄在內心深處騷動不已。不過，即便我們知道長得帥也不是他們的錯，卻總忍不住雞蛋裡挑骨頭：「吼，對啦！全世界就你們最帥啦！」，或者「又不是只有白種人才有小鮮肉」之類的。

沒多久，一位貌似餐廳經理或領班的義大利人來到隔壁，畢恭畢敬的打招呼。看起來這位抖來抖去的中年女性是他們的大主顧。「唉唷，抖抖小姐（假名）這種天氣還勞煩您大駕光臨。謝謝您一直支持本店。連您的朋友也……。」她看一眼以後突然住口。這位長相俊美的男伴卻一副沒事的樣子，對著疑似經理的人笑著說：「喔，我以前沒來過。妳好，我是德國來的。」

他似乎不在意抖抖女士帶過哪些密友，三不五時的在這裡曬恩愛。他那冷冷的笑意還帶了點自傲，就像不管鄰近各國如何興建核電廠，仍堅持要落實綠能發電的德國一樣，儘管代價是貴到不行的電費。

「我說得沒錯吧，真的是德國人耶！」

「哦？他自己說的？」

「嗯，他說想搬來這裡。還有，他跟她好像不是那種關係。」

「是嗎？我看挺像小白臉搭上有錢老女人的啊！」

「是那個女的自己在那邊春心蕩漾吧！我看連服務生都一副撞見小王的樣子，我猜這一定是她的新歡。」

「妳真厲害，三兩下就『聽』得一清二楚。」

我老公不像我有這麼厲害的「地獄耳」，因此我們家在討論八卦的時候，都是這種對話。

❖

這位帥哥的德國腔雖然很濃厚，英語倒是講得頗道地。例如，說到「most」或

「ice」的時候，語尾會戛然而止，我看這語言能力都可以去參加日本綜藝節目「國際麻將大賽」[16]了。不過，我就是覺得哪裡不對勁。服貼的短髮與深邃輪廓的五官在在散發出的德國氣息，到底是哪裡不對勁……？後來我才想到，是服裝。

例如，他雖然穿的是材質筆挺的細條紋襯衫，卻刻意將上面的扣子開到肚臍，露出一大截內搭的白T恤；下半身則是普通的刷白牛仔褲。老實說，這品味還真是土到不行。我就搞不懂為什麼襯衫不扣好？算了，世上多的是不懂得打扮的帥哥。就在我繼續豎起耳朵偷聽的時候，這位德國到不行的男子，正在諮詢抖抖女士的意見：

「欸，如果我想磨練演技的話，還是去好萊塢比較好吧？」

「嗯……這個問題很難回答，要看你是怎麼想的。我只能說百老匯跟好萊塢完全不同，是兩碼子事。」

我與老公頓了一下，對看一眼以後，默默的相互點頭示意。我雖然不發一語，默默吃著朝鮮薊披薩，不過我們腦海中所浮現的故事，肯定一模一樣。

看來他是從歐洲來美國尋夢的鄉下男孩。為了節省旅費，便先在紐約這個離歐洲較近的東岸落腳。為了實現成為電影巨星的夢想，他拚命存錢、矯正口音，希望有朝一日能在好萊塢闖出一片天地。後來，總算讓他遇到一位娛樂圈人士。而這位女客應該就是百老匯的知名製作人，或者音樂劇評論家之類的。所以，他現在正盤算著，到底是厚著臉皮，先討一些小角色來演，還是要靠女方介紹到西岸另闖天地……。這位歐洲男子為了得到自己想要的東西，於是使盡洪荒之力討美國女人的歡心。

「啊，我知道了。就是那個，那個詹姆士・拜倫・狄恩（James Byron Dean）啊！」

「蛤？」

「我是說隔壁的德國男生學的就是他啊！」

不管是服貼式的油頭造型、扣子全開的襯衫或鬆垮垮的牛仔褲，都是在學美國巨星隨興不羈的打扮和派頭。其實，他大可直接去成衣店買一件紅外套或丹寧襯衫什麼的，只是衣櫃裡沒有這些配件，所以就隨便找了一件薄襯衫，故意開到肚臍來充數。

這家餐廳以使用新鮮食材、石窯現烤的披薩聞名。不過，隔壁這對男女點的卻是

16 由日本知名主持人領軍，透過四國的語言來打麻將的綜藝節目。

一大盤跟伊勢烏龍麵一樣Q彈的義大利麵。當義大利麵上桌以後，只見他們用叉子各自吃了起來，完全沒有要拿小盤子分食的意思。這位女士本來已經另起新的話題，不知為何突然停下手中的叉子，說：「反正，我就是跟好萊塢不熟。」然後，蠢蠢欲動的臀部也安靜了下來。

她的臉上明白寫著，我最討厭你們這種為了自己的演藝生涯，處心積慮攀附我的年輕小夥子。如果我是她的話，一定會對剛才的小鹿亂撞感到失落不已。懷抱一絲希望，試著約對方出來，卻沒想到他也跟其他男人一樣，就是想靠我走後門而已。算了，約會就此打住，讓他早早走人吧。今夜就獨自一人飲酒作樂。

這家餐廳所在的鮑威利飯店走的是復古風，內部清一色都是古典裝潢。室內空間雖然不大，但貴族別墅的隱世氛圍卻相當吸引人。櫃檯的背後是一大片格子櫥櫃，放著一把把流蘇裝飾的深紅色大型鑰匙。在飯店以IC門卡為主的現在，厚重的鑰匙雖然不方便，卻另有一種奇特的奢華感。

紐約是一個到處都有新奇事物的大城市，但如果連住宿的飯店也一樣現代摩登的話，反而了無新意。而且這個國家自成立以來，不過兩百數十餘年，所以這種時空錯置的復古風，反倒醞釀出其他飯店所不能及的寧靜與安逸。凡是住過的客人，都會大力的稱讚：「Very European-like」（超歐洲風）。

就如同日本人來到巴黎，就不由自主的想戴貝蕾帽一樣。其實，**歐洲憧憬美國的一切，而美國又對歐洲懷抱夢想**。這位德國男子如果在戰爭片軋一腳，演一個冷血士官長什麼的倒也還可以。不過，他卻模仿詹姆士穿上不搭嘎的牛仔褲，而且笑得呲牙裂嘴。對於離鄉背井，遠渡重洋的他而言，一句「Very American-like」（超像美國人）應該是至高無上的讚美吧。

與生俱來或天生注定，都無法滿足我們的貪得無厭。那些旁人眼中的幸運兒，說不定每天痛苦的思來想去，想著如果人生能夠重來該有多好。就我所知，世上能夠不隨波逐浪的，全瑞士大概也只有一位吧！

獨自享用的雙人套餐

一到聖誕節，某些臺詞總會在我內心蕩漾不已。說起來，那是十年前的往事了。話說某個週六的夜晚，在一家全是情侶的餐廳中，一位女客突然站了起來，同時拉高聲量對著男伴說：

「莎喲娜拉！剩下的大餐你自己一個人吃吧！」

然後，就這麼頭也不回的走出店裡。即便是我這種習慣在吃吃喝喝之間，探聽隔壁八卦的老手，也從未見識過這等場景。真的是前無古人，後無來者。

我第一個反應就是：「哇，有夠狠，簡直是在上演〈分道揚鑣〉（原曲名：2人のストリート）嘛！」。這首歌出自日本知名女歌手松任谷由實（Yuming）的手筆，也算是聖誕節的熱門歌曲。歌詞描述一位女子在與男友大吵一架以後，憤而下車離去的瀟灑英姿。就二十一世紀來說，車子已經不再是男人地位的象徵，過於浪漫的劇情也不再是市場主流。

即便如此，世上還是不乏熱中偶像劇般戀愛的男女。

我甚至想：「天啊，這不就是日文版的『adieu』嗎？」，而且我還是頭一次親耳聽到。因為「adieu」帶有訣別的意味，所以法國人說再見的時候，一般都用「au revoir」。其實，我在上法文課的時候，就注意到這兩者的差異。不過，沒想到一句「莎喲娜拉」既能詮釋法語的訣別，又不失日語中所含有的「再見」意思。

日本一到聖誕季節，大街小巷的餐廳不是擠滿公司尾牙的員工，就是提早慶祝聖誕大餐的情侶。凡是你看到的夜景法式餐廳，窗邊坐的一定是情侶，而且清一色都會點主廚推薦的聖誕套餐。就在這個時間點，竟然有人要分手？不會吧……還有幾天就是聖誕節了，當真要孤家寡人一個人過啊？

不過話說回來，在聖誕節分手可是比平常更需要勇氣，到底是什麼樣的渣男，讓她如此的恩斷義絕？

餐廳裡十幾組看似融洽的情侶，眼光齊齊追著女客離去的背影，又齊齊拉回關心男客的動靜。然後，在各種眼光的追逐中，偶而歇一口氣。整個餐廳就像觀看溫布頓網球賽般，全場目不轉睛的追著球跑。

這位男客聳了聳肩，雙手把玩餐巾，陷入一陣放空以後便消失無蹤。他到底追上女友沒有？為什麼菜上到一半，就惹毛女友了呢？後來結帳了嗎？這些細節我怎麼樣就是想不起來。唯一記得的就是，面無表情撤下雙人套餐的服務生。

不過，他女友臨走前撂下的那句狠話：「剩下的大餐你自己一個人吃吧！」還頗讓人印象深刻。這句話意味的，不只是那些菲力牛排你自己想辦法解決，還隱喻著我吃故我在的道理。換句話說，**「你自己一個人吃」等於「你自己一個人活下去」**。也就是「剩下的人生」，你就到死都得負責到底。

對於現代人而言，不知為什大家心目中的**聖誕大餐**，不是闔家團聚的美食，而是**情侶們的前戲**。氛圍之詭異，甚至讓一些尚未有親密關係的男女，不敢在這個時節，孤男寡女一起散步。

不過，這種風潮是從什麼時候開始的呢？戀人們在享用完聖誕大餐以後，漫步在喧囂街頭與寒夜星空下，一邊眺望著街樹上的燈飾，一邊想著酒足飯飽以後的思淫慾。在如此重要的夜晚，那位女客的舉動等於是在放話：「你這渾蛋，這輩子休想碰我一根寒毛。」

為什麼聖誕節就只能恩恩愛愛，而不能有其他選擇呢？或許我們是礙於世俗眼光，而陷入聖誕夜必須成雙成對、男歡女愛的迷思。然而，這也不代表眼前的這個人，就一定是真命天子啊……。

餐廳裡一片寂靜，聽不到任何交談。情侶的靜默透露出人心的動搖。那天與我共進晚餐的男性，沒多久就和平分手。沒有大吵大鬧，也沒有撂下「adieu」這般的狠話。我甚至連分手的原因都想不起來。

但是，會氣到直接走人，到底是有什麼原因呢？如果他們是同居關係的話，因為回家碰面會更尷尬，按理說一般人是不太會衝動到甩頭就走。即使是同學或同事，如果是我的話，也會選擇忍一時風平浪靜。

坦白說，不管是拒接電話就可以老死不相往來的關係，或是一觸即發的長年積怨都無須如此。能夠狠到用一句話，就將過去切得一刀兩斷的，大概也只有被男友要求墮胎之類的吧。就在我胡思亂想的時候，總算想起來聖誕節的由來——為了慶祝維持處女之身的馬利亞，在馬棚產下一位不知生父何人的父神之子，也就是耶穌。

❖

只要隔壁桌的對談蠻有趣的時候，我就會忍不住豎起耳朵，然後從破碎的資訊中，解析他們的身分，有時候還雞婆到拿紙做筆記。偷聽雖然是我的嗜好，但偶而也會因為某些對話過於震撼，而遺漏了其他資訊。相反的，有時是記不得聊天的內容，卻僅僅記得一些細節。例如前些日子，我就在一家法式餐廳有過這樣的經驗。

那家餐廳位於東京都心的商業區，中午的套餐價格略高，不過口碑不錯，因此用餐前一定要事先訂位。關於餐廳的名稱請容我割愛不提。午餐有不到兩千日圓的 A 套餐、三千日圓的 B 套餐。老實說，公司附近有這麼一家水準不錯的餐廳，臨時要接待客人什麼還挺方便的。當天，我與朋友到這家餐廳用餐便是為了慶功。

我們隔壁坐了一位穿著西裝的中年男性。因為他坐在雙人座餐桌的下座方位（按：給晚輩或主人坐的地方），所以我想他應該是在等重要客戶或者女性友人吧。只見他在空無一物的桌子上，不斷的滑手機。雖然胸前的口袋插著一副便宜的老花眼鏡，卻伸直背脊將手機拿得遠遠的，就這麼盯著螢幕瞧。而且那副老花眼鏡還是超商常見的透明款式，就好像原子筆一樣插在胸前。

相反的，有些追求時髦與品味的男性，不但會訂製老花眼鏡，還會隨身自備眼鏡盒；就連鋼筆也非名牌不用，手帕的花樣更是自己精挑細選。這種人說難聽一點，就是龜毛。

而那些完全不在意使用便宜貨，將老花眼鏡或原子筆插在胸前就去餐廳用餐的人，說得好聽一點，叫「弘法不挑筆[17]」。我猜，他應該是藍領職工，而且公司規模不大，所以員工不分職等，使用的都是配給的備品，就連薪水、消耗品、業績、責任都是共同分擔。這位老實的高階主管每天忙著督導部屬，或新人訓練什麼的，根本沒有時間去選用昂貴的配件。

服務生將A套餐的前菜送上來以後，我與友人互道一聲：「耶，乾杯！」然後對著餐盤拍了幾張照片。其間，這位男客默默喝著水，服務生加水以後又不好意思的道謝，再來又是緊握著手機不放。只見他用兩隻大拇指飛快的輸入文字。我心想如果是公事的話，未免也太悠哉了一些，但純粹打發時間又過於嚴肅。最後，他終於放下幾乎不離手的手機，嘆了一口氣，將手機一把丟在白色桌巾上。他指著對面的位子，

17 弘法大師為日本佛教高僧，指人不應執著於工具或環境的好壞，而應該反求諸己，才能在任何時刻發揮才能。

對著不停幫他倒水的服務生，不好意思的說：

「我朋友不來了，可以取消她的套餐嗎？還有剛剛叫的白葡萄酒也不要了。不過，既然我都來了，餐點還是吃完再走，但我只有一個小時的時間，不知道上菜來不來得及。你們上菜可以快一點，我盡量吃。」

❖

我正低頭用叉子舀著義式醃白魚，抬起頭看了友人一眼。她慢慢的用力點一點頭。於是，我們就開始假裝聊天，心不在焉的說一些「好好吃喔」、「嗯，真好吃」、「我最喜歡這個紅色Q彈的顆粒」、「喔，那是酸豆（caper）」、「酸豆？不是綠色的嗎？」、「對喔」、「妳看我說得沒錯吧」。然後，輪流偷窺隔壁的一舉一動。

「不好意思，我也沒想到會這樣。沒關係，可以上菜了。她說不來了。給你們添麻煩了。」

廚房人員像是早就準備好了似的，開胃菜馬上就端了出來，這位男客又再次向服務生鄭重的道歉。看起來失約的對象是女性。我不懂，他為什麼不隨便找一些藉口，例如感冒、走不開或者塞車什麼的都好，有必要這麼老實的交代「她說不來了」？看來這位女性友人是臨時不肯赴約。而且，他剛剛一直滑手機，一定是想用文情並茂的訊息，挽回女伴的芳心。

他點的豪華套餐一一上桌，上完一小盤義大利麵以後，再來是B套餐的主菜海陸雙拼。這位男客對著對面空蕩蕩的座椅，一個人默默咀嚼。倘若她赴約的話，他們會聊些什麼呢？大白天就叫一整瓶白葡萄酒，酒足飯飽後直接去公司上班？我開始肆無忌憚的觀察，連他有幾根白頭髮都記得一清二楚。因為A套餐的菜色較少，我們沒等他吃完就起身離去。一步出餐廳，我與友人便急著「對答案」。剛才在餐廳裡雖然沒有交換意見，卻默契十足的繃緊神經，注意隔壁桌的動靜。

「我猜一定是外遇要談分手吧……。」

「沒錯。如果那個女的是他老婆的話，不來就不來，有必要那麼失魂落魄嗎？自己去吃碗拉麵不就好了！」

「這個男人真慘，這根本是被甩的傷心套餐！」

「不過，你看他身上還掛著員工證，有人敢這樣大剌剌的在公司附近約會嗎？」

「對吼，一定不是同事，說不定是客戶之類的。被撞見了，他們也可以說是在談生意啊。嘿，而且還可以開發票報帳咧……。」

「嗯，很多人都是這樣避人耳目的吧！」

「女的一定是想，如果選在這家充滿回憶的餐廳，一見面的話，可能又狠不下心分手。」

「所以才會說那個套餐，你自己一個人吃吧。」

「或者說不想分手的話，就快點離婚。」

「還是把手機螢幕上，你女兒的照片馬上給我刪掉……。」

「蛤？妳怎麼知道？」

「沒有啦，我亂想的。」

當時的我和朋友都單身慣了，完全不在意一個人享用大餐、吃烤肉，或是大白天喝酒以及邊走邊吃。

儘管如此，這與那些對著紀念意義非凡的「豪華雙人套餐」，卻得獨自一人塞進胃裡的光景，本質上卻完全互異。

我吃故我在。**所謂外表，就是將自己的生活方式與態度暴露在眾人面前**。因此有人說，共進晚餐不僅可以促進人際關係、讓戀情加溫，同時也能看清彼此真實的一面。看來也不無道理。

不過，如非萬不得已，還請各位不要在餐桌上分手。雖然隔壁桌的幸與不幸與我無關，不過一想到那些熱騰騰、等著上桌的餐盤，我就替它們難過。況且，獨自享用豪華套餐的沉重氣氛，也會連帶影響到旁人的食慾。人生除了我吃故我在以外，更是我在故我吃，我們都應該更該珍惜一同進餐的機緣，不是嗎？

目擊死亡的雲淡風輕

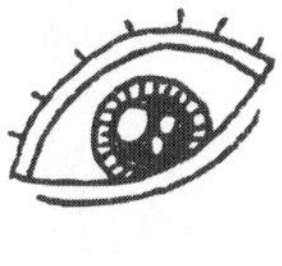

剛出社會的時候，我在一家婦女雜誌的編輯部上班。二十歲出頭的我，第一件差事就是被派去採訪更年期障礙的女性，接著負責居家看護的專題製作。到現在，我都還記得那些美容專欄介紹的抗老化妝品，貴得讓人瞠目結舌。那麼多個零，我還以為是小編打錯了。可想而知，像我這種菜鳥開會的時候，當然提不出什麼像樣的企劃案。於是，老闆就囑咐我先做一下功課，搞清楚中高齡女性在想些什麼，或對什麼感興趣之類的。

因此，我上班的地點不是一直龜在辦公室，而是到處尋找題材。例如，去百貨公司逛逛、盯著下午的八卦節目、觀察書店或美容院有哪些雜誌最受女性朋友歡迎等。我甚至曾經非常自豪，某一些男人搞不好都沒有我了解中高齡女性，特別是家庭主婦的心聲。

由於我上班的地點是在東京鬧區，因此趁工作空檔能觀察的場所，也就只有銀座一帶而已。可惜的是，此處出入的大多是有錢有閒的貴婦。

在我轉換跑道、自己接案子以後，發現同樣的街景，竟有著全然不同的景色。例如，前方車籃塞滿食材、車把上掛著每人限購兩捲衛生紙，淑女車的後座還載著小朋友的媽媽，正與另一位同樣裝備的媽媽在路邊聊天，而且久久欲罷不能。在遠處觀望的我更沒想到，自己竟能耐心觀察近一個小時的時間。如果我還是上班族的話，這根本是不可能的任務。

那是個稀鬆平日的午後。我在住家附近的咖啡廳工作，一邊回覆電郵，一邊時不時的隔著玻璃窗望向商店街的拱門。我抬頭望了幾次，這兩位媽媽始終站在藥局門口聊個不停。時間長到連購物袋裡露出的一大截長蔥，也開始軟趴無力。或許對於她們而言，比起每天周旋於一個晚上便能掃光所有食材的家人，又或者坐在腳踏車上，還需要漫漫歲月才能長大成人的小朋友，此時此刻才是她們喘息的空間。

就連我跟母親住在一起這麼久了，我印象中的她，也只有在我早出晚歸回到家中所看到的模樣。除此以外的時間，我們其實對彼此很陌生。

因此，時至現今，我又再度好奇，這些家庭主婦平日裡都是怎麼過的。同時捫心自問，我在婦女雜誌上班的時候，對於婦女的既定印象，到底有幾分是真實的？為了找出心中的答案，於是我越看越入迷。

某日傍晚，我在外面與客戶談完事情以後，順道繞去澀谷站前的購物中心馬克城市（Mark City）。因為餓了一整天，便想找一家這個時間點還可以用餐的餐廳。馬克城市是一家位於交通要衝的複合式商業大樓，各種類型的店鋪齊備。其中，一家「茶鍋咖啡廳」就符合我當下的需求。

這家店的餐點以一人份的小火鍋與日式甜點為主。就字面上來看，綠茶、火鍋與甜點怎樣都湊不到一塊。不過自古以來，日本的糖水鋪[18]本來就提供雜炊（什錦稀飯）或釜鍋飯等輕食。餓到頭昏眼花的我點了馬賽番茄海鮮茶鍋，再加上一杯焙茶拿鐵。其實，歐風茶鍋加拿鐵的組合還蠻好吃的，倒不像字面上那般突兀。

我還顧了一下店內，發現在這個時間點吃小火鍋的，除了我以外，就只有一對大學生情侶。還有坐在我左手邊的四位女性，一邊吃著抹茶巧克力鍋，一邊七嘴八舌的聊天。這道甜點是這家餐廳的創意料理，菜單上寫著：「香氣濃郁的京都宇治抹茶與白巧克力，精心調製而成的和風巧克力鍋。搭配草莓與生麩（麵筋），沾著吃更別具風味」。

在我吃完小火鍋以前，這群女性正天南地北的，從才藝班補習費用、志工服務，聊到「逛醫生」（doctor shopping，指病人四處看醫生，挑醫院、看醫師等）的訣竅。在聊到東京奧運對於日常生活的影響時，其中一人說：「欸，我猜啊，未來的汽車應該都是在透明的隧道裡，跑來跑去的吧！」其他人聽了以後，不禁調侃：「唉唷，妳會不會是小時候漫畫看太多了？」或者「咦，大阪萬國博覽會[19]那時，妳幾歲啊？」

我猜這群四、五十歲的媽媽應該是在母姐會相識，閒時聚一聚的關係。

當時，《自然期刊》（*Nature*）撤銷STAP細胞論文的醜聞[20]正炒得沸沸揚揚。其中一位媽媽斬釘截鐵的說：「拜託，那個是用胚胎幹細胞蒙混的，嚴格來說，算是細胞被汙染耶，開什麼玩笑。問題是都審查過了，也刊登出來了……。」其餘的

18 原文為「甘味処」，即甜點店，以販賣日本的傳統和菓子為主。

19 於一九七〇年舉辦為期一百八十三日的博覽會。

20 日本科學家小保方晴子，於二〇一四年發表新型萬能細胞「STAP」論文。而後，被踢爆圖片造假。

三人（加上我）只有乖乖聽的分。

她那簡單明瞭的說明中，雖不掩激憤，但論文共同研究的過程可是說得頭頭是道。或許，她從前是一位醉心於研究的理科女大生。

我曾經聽過這樣的說法：那些家庭主婦整天守在家裡，怎麼會對前所未有的萬能細胞感興趣？而且無知婦孺們討論的，永遠是小保方晴子在記者會上的髮型與妝容。也就是因為這樣，那些八卦節目才不得不配合觀眾的水準，盡是報導一些無聊的八卦與小道消息。

不過，這種歧視性的言論到底是怎麼散播出來的呢？這些女性在步入家庭，搖身變為家庭主婦以前，難道沒有自己的人生嗎？社會為何會如此視若無睹？

就在我暗自忖度時，理科媽媽接著說：「總而言之，就是現在記者的專業素質太低，上了電視也只會胡說八道。」另一位西班牙語系畢業的媽媽則說：「是喔，不過我是西班牙語系畢業的，完全聽不懂就是了，」又同時抱怨：「唉，這個科系根本無法學以致用。早知道就讀中文系了，找工作還方便一點。」

不久以後，她們便另闢話題：「欸，集點卡還真麻煩，錢包塞得鼓鼓的又不能丟掉。」其實，這群吃著抹茶巧克力鍋的媽媽們，絕對不是對社會時事無感，反而是那些白天死守辦公室的企業戰士，搞不清楚狀況就毫無來由的蔑視女性，才是既愚昧又無知。

話雖如此，我總覺得哪裡怪怪的。

❖

「欸，我跟妳們說。我前幾天看到一起車禍了。雖然沒看清楚是怎麼發生的，不過卻是一刀未剪的，親眼目睹喔。那個時候月臺擠滿了人，就在我被人群推著走的時候，無意間就給我碰上了。」

「天啊，血多不多？」

「也還好。駕駛座的玻璃完好無缺，就是凹了一大塊，可能是先撞到再被輾過的吧。電車本身是沒有什麼血跡，不過下面可厲害了。我還偷瞄了一眼軌道的砂礫。」

「哇，嚇死人了！」

「撞上的那一刻我沒有看到，不過那個人飛得好遠。後來，可能是為了救人，電車還向後倒退一下。不過就這麼來來回回，那個人都稀巴爛、不成人形了。」

她們談論的是前天京王線發生的死亡車禍。這位媽媽正說得口沫橫飛，其餘三人（加上我）都乖乖聽著：「不知道是意外還是自殺，死者從月臺跌下來以後，就直接撞上進站的電車。」只見這位媽媽不斷的惋惜「錯過」關鍵的剎那。

「除了警察以外，還來了一堆救護人員呢！」

「天啊，所以那個人沒死嗎？報警的時候還活著？」

「其實，我以前也看過一起車禍，是汽車與摩托車對撞。被撞的那個人手腳整個變形。欸，我當時一看就知道沒救了。」

「沒錯，不管人有沒有得救，救護車還是會來。」

「啊，我可以吃這個草莓嗎？」

「好啊。」

草莓？不會吧，在這種氣氛下還吃得下去。不過，這群媽媽就像在聊兒子每個月的才藝班花費、STAP論文的撤銷醜聞一樣，一副稀鬆平常的繼續閒聊。

「妳們都不知道那個血啊……跟電視劇裡殺人案出現的完全不一樣呢，還蠻鮮紅的耶！」

「蛤？不就是跟抽血的顏色一樣嗎？」

只見這位八卦主一邊說：「嗯，該怎麼說呢？」一邊將鮮紅的草莓整顆塞入口中，然後噗嗤的一口咬碎。那口感光是想像就讓人毛骨悚然。

「妳們不覺得嗎？如果不是大家出來喝茶，我們平時也沒有什麼機會搭電車。偶而搭一趟電車竟然會碰上這種事。欸，我真的覺得太神奇了！」

這位目擊車禍現場的媽媽，一臉連蒼蠅都不忍打死的柔弱模樣，儘管說話很謹慎，卻仍掩不住內心的那股興奮。圍繞在她周身的那縷暗黑氣息，甚至隱隱約約散發出一絲絲的喜悅。她們啊，在遠離喧囂的和風咖啡廳，和三五好友細心品嚐美食的非凡時光裡，這個與自己無關的死亡，彷彿只是平淡生活中的小小插曲。

其中一位媽媽用避之唯恐不及的口吻說：「哎喲，我最討厭車禍了，很麻煩。」她應該是大門不出、二門不邁的家庭主婦，不習慣塞車或人擠人的生活步調。另一位隨著老公調動，頭一次來到東京的媽媽接話說：「要我說啊，東京就是人太多了。如果在尖峰時間有個什麼狀況的話，就會亂成一團。」她嘴巴上雖然這麼說，不過我猜她根本沒有體驗過東京的電車到底有多擠。

接著，又有一位媽媽說：「可不是嗎？像是地下鐵，光是一個站都要等個幾十分鐘才能搭到車。如果能夠控制在五分鐘以內就好了。」一副反正最好在五分鐘以內，將大體從我眼前挪開就沒事的口吻。

這四位頭腦精明、爽朗又果敢的女性專心的交換各種資訊。不過，我總覺得什麼地方不對勁。就是一種話鋒不夠犀利、不夠尖酸刻薄，無論談論什麼話題總是迎合旁人的圓滑。她們似乎連自己的想法也被磨得毫無稜角。這種整齊劃一的開朗，反而讓人有一種不寒而慄的感覺。

一位媽媽說：「欸，我們家老二快下課了，我得走了。」於是，她們各付各的以後便鳥獸散。我曾想如果她們沒有放棄職場的話，會是怎麼樣不同的人生？那位理科媽媽可能在研究所服務，西班牙文系的媽媽可能當翻譯，其他人可能是每天忙於抽血的護士，又或者是因為搭上東京奧運的順風車，而忙得不可開交的建設工作人員。無論如何，她們都不是間接的透過家庭，而是藉由工作直接與社會產生互動。即使在日復一日的通勤中，每天都會因為電車誤點而氣得想破口大罵。但至少在遇到與自己使用同一條軌道，卻被電車輾過的陌生人時，也能將之視為日常生活的一部分，而為死者悼念。

這個時候，如果有記者來採訪，她們也能夠回答：「唉，誰也沒想到會發生這麼悲慘的事，我也覺得很難過……。我覺得如果月臺能夠加裝安全門的話，我們這些做母親的也不用擔心受怕了！」不過，在無人關注的日常裡，那些媽媽卻滿口「太神奇了」，而且眼中透露出異樣的光芒。

當然，我不會因為她們幾位的言行，就一竿子打翻天底下的家庭主婦。不過，我在編輯婦女雜誌工作的時候，雖然曾經試圖了解女性的心態，卻從未想過從這個角度切入。透過她們生動的閒聊，我總算知道在上班族未知的世界、時間與空間中，她們在想些什麼、思考些什麼，以及關注的焦點。

新春的相撲包廂

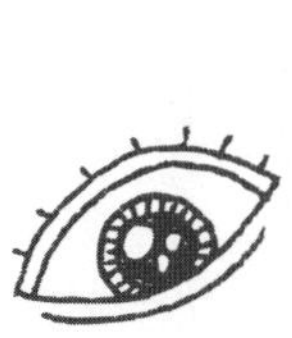

二〇一五年，就在橫綱白鵬[21]刷新優勝紀錄的正月賽程中，一位喜歡相撲的友人問我：「有沒有興趣來包廂觀看相撲比賽？」他還擔心我因為沒去過而遲疑，便拍著胸脯說，一切包在他身上。於是，賽程的第三天，我就當真兩手空空的到兩國車站集合。萬萬沒想到，這個人當天竟然生病沒來，剩下我們三個菜鳥不知如何是好。既然主揪沒來，我們只好即時連線請教老手怎麼觀賽，有樣學樣的，完成這場包廂初體驗。

常看相撲的人都知道，相撲的售票系統由所謂「茶店」的櫃檯包辦。當我們穿過國技館插滿繽紛旗幟的大門以後，服務人員指示我們從另一個特別的入口進去。我們在寫著「吉可和」的四號櫃檯完成報到手續。只見入口處兩旁是二十家售票的茶店，一排排掛著喜慶的紅燈籠、寫著商號的布簾、琳琅滿目的正月吊飾，場面極其壯觀。

我不禁脫口說出：「哇，好像回到江戶時代！」這樣的陳腔濫調，卻沒想到售票櫃檯早就有英文簡介給外國人參考。看來我眼前的江戶早已開化。

隨後，稱為「出方」（雜役）的服務生右手拿著紙袋，左手拿著茶壺，帶著我們快步往前走。他穿的日式袴褲與茶器上都寫著一個「4」的記號。我們的包廂有四個坐墊，挪一點空間給厚重的大衣與羽絨外套以後，三個大人就只能擠成一團了。

服務生遞上的紙袋裡，裝著一大堆食物，除了便當以外，還有國技館的雞肉串燒、角力豆、大顆燒賣、糖炒栗子、椪柑、紅白豆沙糕……。嘿，還真是澎湃啊，而且還是扎扎實實的四人份，但我們絕對是吃不完的。

我一邊想著，劉姥姥逛大觀園囉，一邊向下望了過去。只見幕下力士（**按：第七級相撲選手，多為培訓新手**）在土俵（擂臺）上拚得你死我活；勝負一分，場內就歡聲雷動，全體陷入瘋魔狀況。

出方送來我們叫的瓶裝啤酒與罐裝高球雞尾酒，並說開罐器就綁在包廂的欄杆上。他走了以後，有人小聲說：「等一下要怎麼結帳啊……。」、「蛤？我以為你知道才叫的。」、「我怎麼會知道！」、「別急，我上網查一下，嗯，飲料另外算。」、「不是吧，我聽說什麼都包了，他說讓我們吃飽喝足再回家的啊！」、「拜託，天下有這麼好康的事？」……欸，再這麼七嘴八舌下去，我們都可以去說相聲了。

於是，我便傳了封簡訊，詢問在家裡病懨懨的相撲迷到底怎麼一回事，後來，才

---

21 橫綱為十級相撲選手之最高等級；白鵬翔，蒙古出身，最高級之橫綱。

知道原來他訂的是暢飲套餐。

我將隨身物品整理了一下，找了個塑膠袋準備當垃圾袋以後，正想挑一些放不久的東西先吃。一位同伴突然拿著手機，慌張的說：「唉唷，我們好像上電視了……我朋友說他看到我們了。」我們坐的特等包廂正對著土俵，電視臺的攝影機從擂臺側面取景的時候，這個位置剛好在土俵的後面，所以可以拍得一清二楚。雖然我一邊抱怨著：「唉唷，我一點心理準備也沒有……。」、「早知道就叫人幫我錄下來了！」在忙著往豆子裡灑鹽、燒賣上塗芥末，或者喝高球雞尾酒的時候，卻也不禁下意識的挺直腰桿。就在我手忙腳亂之際，場內又是一陣歡聲雷動。我連忙向下看了一眼，原來又是勝負已分，沒一下子的功夫比賽就進入中場。

這個時候，那位因為感冒在家休養的相撲迷，傳來一道指令：「妳可不要在鏡頭前給我丟人喔。」原來我們今天的票是他客戶送的。這些公關正緊盯著實況轉播，但他們要確認的不是包廂票有沒有用，而是這個買通是否能值回票價。因此，即便正主不在現場，我們這些充數的人也責任重大。能夠在眾人的虎視眈眈下，大啖崎陽軒燒賣（橫濱名產）的機會還真不多。一想到這裡，我的腰桿不禁挺得更直了。

❖

東西軍的幕內力士（按：前五級之相撲選手）魚貫踏上土俵。就在我開始習慣橫綱們嗨呀嗨呀氣勢磅薄的表演四股踏[22]的時候，原本空蕩蕩的包廂區突然擠進一大群觀眾，而且全是西裝筆挺的大人物。嗯，這些應該也是招待的吧。於是，我們這群衣著普通的小老百姓只好閉上嘴巴，默不作聲。

我一手拿著雞肉串燒，一如往常般豎起耳朵，傾聽左邊的客人在聊些什麼。其中一人拿著過時的折疊式手機，掩不住一臉雀躍，蓋上手機說：「不好意思，我老婆打來的。她說在電視上看到我了。欸，煩死了。」、「你們看，反而是局長那個位置上不了鏡頭。」、「他坐哪呢？」某人指著密密麻麻的一角說：「諾，那裡啊。」從他

22 輪流抬高左右腿跺地，以示驅趕惡靈。

們的隻字片語中，這家企業的老董似乎在日本相樸撲協會頗有人脈，該公司又不乏相撲迷，於是那些對相撲不感興趣的高階主管，就將包廂票拿出來權充員工福利。這簡直就是「釣魚迷日記[23]」的翻版。

「你看，那個人全身上下都是毛，應該蚊子也叮不下去吧！」、「嘖嘖，他們這些人的體味應該挺重的吧！」、「欸，那個人是千代丸[24]？」、「不是吧，好像剛剛那個才是。」……這些人來這麼多次了，仍然有看沒有懂。

不過，他們似乎一點也不在意，自斟自酌的享受著新春開工的樂趣，而且還是開放式的包廂。有人笑著說：「如果局長在就好了，可以聽他老人家的經驗談。」我心想局長大人當真親臨的話，汝等還能如此談笑風生？

相較之下，我們右手邊的四位觀眾就安靜到不行。左右兩邊的包廂都不像我們有便當或餐點什麼的，想必是看完比賽以後，要再去別處享用大餐吧。即便如此，酒是一定要喝的，還有人在喝到面紅耳赤的時候，突然接到公司的來電，於是壓低聲音佯裝鎮定的說：「不是啊，那個案子去年就結了。報告的話還要等一下。」

而這一切的一切，都在電視上一覽無遺。

我們斜下方的包廂坐著四位女性，每人手上一把伊勢濱部屋（類似道場）的扇子。只見一位穿著和服的女性，對著另一位穿著洋裝的女性絮絮解說，同時不忘為自己喜歡的力士搖旗吶喊。相對於歌舞伎，只有男性觀眾才會賣力對著舞臺吆喝打氣，真沒想到相撲界竟然容許女性粉絲如此聲嘶力竭（**按：日本相撲迄今仍保有諸多傳統和習慣，其中一項就是嚴禁女性進入土俵**）。

在會場中，揮舞著桃紅色毛巾的女性都是遠藤[25]的粉絲。因為這是他的幸運色，所以不論是擦汗的毛巾或者賽場上的座墊，清一色都是桃紅色。就在我這麼想的時候，才發現出身蒙古的逸乃城駿的坐墊也是粉紅色。看著這些少女般粉紅、力士專屬的蓬鬆大坐墊搬來送去的，竟然讓人覺得喜慶洋洋。

23 由山崎十三構思、北見健一作畫的釣魚漫畫。故事講述剛進入公司的主角因和老闆同樣熱中釣魚，一連串的奮鬥故事。
24 千代丸一樹，來自鹿兒島縣志布志市的日本專業相撲選手。
25 遠藤聖大，石川縣出身，史上最速的入幕力士之一。

在安美錦龍兒與遠藤的對賽中，當安美錦一招漂亮的博腳，擊敗遠藤的時候，這群粉絲立即興奮的大喊：「小安安！」

話說回來，我們前面坐的是，悠哉占據兩個四人座包廂的一對老夫婦。而且，他們似乎一大早就已經守在這裡，從序之口（按：相撲比賽的等級，共分十個，此為最初階的等級）的對賽一路看到現在。只見他們將坐墊放在背後，舒適的斜躺著，看來應該是常客，與我們這些菜鳥截然不同。不久之後，來了一對帶著孩子的年輕夫婦。他們應該是一家人，早就訂好兩個大包廂。他們看比賽時很專業，也甚少交談。沒多久，孩子們從購物袋中拿出一些熟食或沙拉吃了起來。這個時候，我不禁嘀咕起來：「蛤？原來是可以外帶的啊。」、「啊，是我自己沒看到嗎？」對於我們而言，這種給什麼吃什麼，連吃個糖炒栗子都無須自己動手的生活簡直無法想像，而這些觀眾卻習以為常。

這一家人在逸之城使出釣出技法（按：將對手抱出界線）取勝以後，便著手收拾垃圾準備離去。不會吧，再來就是橫綱的重頭戲了啊……我不禁盯著他們看。同時猜測著，是打算回家慢慢欣賞預錄的錄影帶？還是由於是潛力股的鐵粉，所以橫綱的拚鬥不看也罷。這就好比去劇院觀賞《伊莉莎白》（*Elisabeth*），卻在看完第二幕魯道夫（Rudolf）[26]的戲碼以後就走人一樣不可思議。欸，我知道一定有人會說，這有什麼奇怪的，就是有那種看到一半就走人的啊。我之所以對這家人的行動百思不得其解，或許是因為不懂相撲觀賽規則的緣故吧。

我右手邊的西裝團，在看完白鵬輕鬆打敗寶富士大輔以後就離開了。喂喂，接下來輪到日馬富士公平（按：因毆打事件已退役）上場耶，幹嘛不多待一會兒呢……不過，也有人專門選在白鵬上場以後才來觀戰的。欸，這麼貴的包廂只為看那兩回合，不到十幾分鐘的賽程，還真夠奢侈的。相反的，我左手邊的西裝團則是觀戰到最後。其中的一人還興奮的說：「哇塞，這麼一面錦旗就打賞六萬日圓？」然後，一一數著土俵上展示的懸賞錦旗，假裝手裡捧著一大把獎金的一臉陶醉。唉，不愧是釣魚迷日記的翻版，還真是團結一心。

26 德國音樂劇，敘述十九世紀後期奧匈帝國皇后，伊莉莎白愛恨情仇的一生。伊莉莎白的兒子，最後因死神的誘惑而取情婦殉情。

接近尾聲的時候，出方來問，還要不要再點些什麼。我倒是挺好奇，他們是正式聘僱是打工？怎麼應徵的？小費要上繳嗎？出方清一色都是男性，場內若有女性員工則大多是清潔工。接過出方送上來的酒以後，只見他又拿出一個裝著雞肉串燒與豆子的紙袋，說：「不介意的話，還請笑納。」不是吧，還給？難道我們的套餐不只是喝到飽，還是吃到飽？唉，怎麼不早說呢，那我就不用省著吃了。不過，雞肉串燒還真好吃，果然名不虛傳。聽說國技館的地下室有一個小廚房，雞肉都是先蒸了以後再燒烤，以免冷掉了不好吃。

我拿著沒吃完的餐點踏出會場，一陣冷風迎面襲來，帶著一絲力士的髮油味。瞭望樓上傳來生龍活虎的太鼓聲，一位老先生正在會場外用錄音機錄音，那副如癡如醉的模樣，讓人不寒而慄。在搭上總武線回家的途中，正好碰上下班的尖峰時間，我不禁感嘆：「欸，沒想到相撲還有這麼多種玩法，而且還因人而異。」

我們手上提著聚寶盆般的紙袋，在沙丁魚的滿員電車中被拉回現實。當我還在想這個聚寶盆怎麼這麼重的時候，才發現紙袋裡除了有餡蜜、炸甜米糕與巧克力以外，還附了小餐盤。天啊，這份伴手禮也太隆重了吧。

土俵上的力士，在沒有專家解說、沒有跑馬燈、沒有特寫或重播的陪襯下，肅靜的彼此肉搏。粗狂的驚心動魄與臨場感，在潔淨氛圍的烘托下，形成一個不可思議的狂熱空間。

✣

不管是橫綱在露拂[27]力士的前導，與太刀持[28]力士的壓陣下，巍然踏上土俵的美感。或者接過柄勺口含力水後（按：賽前淨身用之清水），再取一方白紙掩嘴吐出的儀式。在勝敗取決於瞬間衝撞的賽程中，種種儀式都讓人感受到歷史的源遠流長。我還發現到，原來ＮＨＫ在實況轉播時，之所以會穿插一些閒聊，其實是一種靜音功能——屏蔽那些獎金贊助商，沒完沒了的唱名。

27 取自於隨扈拂去草木朝露為尊者開路之習俗。
28 賽前持劍護送橫綱入場之隨從力士。

我們眼前的土俵如果龜裂得厲害的話，就趁著裁判交接什麼的，大張旗鼓的換土、弄溼，然後重新鋪上。最厲害的是，還要上下左右的耙勻，再打掃得平整乾淨。

這種單憑一支掃帚便能在一時半刻完工的細膩手法，簡直是神乎其技。就在我內心裡佩服得五體投地的同時，土俵上正在舉行莊嚴的弓取式（按：授與最後一組比賽〔與橫綱力士進行的組別〕獲勝力士弓的儀式）。一位站在正下方的攝影師，不知怎麼搞得無端捲入還受了傷，於是被七手八腳的抬離現場。當時場面之混亂與適才耙整時的俐落，真是兩種極端。

那些包廂的觀眾在狹隘的空間裡盤腿而坐，守護著不可言喻的莊嚴賽程。在力士使出絕技的緊要關頭，忍不住搶先：「啊，啊，唉唷！」的徒呼負負。其他空檔時間也不忘吃吃喝喝，天南地北的閒聊。對於日本人而言，相撲不僅是一種「格鬥技」，更是一種「民俗祭祀」。因此，相撲的包廂是介於神聖與塵俗之間，其來有自的「餐飲」區。

一身小碎花的草食男，下半身卻不老實

每年，我總要去幾趟鎌倉辦一些事。而且，兩、三次中總會有那麼一次，繞去「Oxymoron」用餐。這家咖啡廳是日本攝影大師沼田元氣推薦的。他在當地開了一家木介子（按：木頭人偶，日本東北地區的傳統工藝）與俄羅斯套娃的專賣店「kokeshika」。除此之外，他還寫過一些談論咖啡廳文化的書，可說是一位頗為挑剔的老饕。因此，只要有機會去鎌倉，時間又充許的話，我就會趁著午餐時分，光顧這家沼田先生青睞的咖啡廳，點一份咖哩套餐解解饞。

咖哩飯、飲料、甜點是我的固定組合。如果與朋友一起來的話，就再點一盤綜合沙拉之類的。這次的主餐我點的是異國風肉醬乾咖哩。這道四個角落堆滿香菜、蔥、青紫蘇與鴨兒芹的咖哩飯，可以說是我吃過的唯一極品。另外，涼拌紫高麗菜、醃漬大豆與法式胡蘿蔔絲的三色沙拉，也好吃到天天吃不膩，只可惜這道菜很難在家裡如法炮製。甜點的話，我大都點萊姆酒杏仁磅蛋糕。欸，再寫下去就要變成美食散文了。

不過對我而言，再怎麼時髦的咖啡廳，唯一不變的就是偷窺周遭的嗜好。這家餐廳開在熱鬧的小町通上，但店內的氛圍卻悠然寂靜。即使我舀著湯匙大快朵頤，連說話都顧不上的時候，耳裡也不忘聽著隔壁的閒聊。我心滿意足的放下湯匙，一邊眺望街景，一邊不經意的望向離我較遠的其他餐桌。然後，我發現不管什麼時候來，碰到的不是頗有品味的中高齡男女，就是孤傲的單身女郎。

前者應該是附近的居民，因為大抵只有一雙平底鞋、一條圍巾，完全沒有任何累贅的配件，所以看起來比較像是外出散步，順便來此用個午餐。男客嘛，大都一頭銀髮，女客則是隨意的將腦後的頭髮挽起來，像極了那種來鎌倉安度晚年的陶藝夫妻檔（按：丹波古窯最早的陶器產於鎌倉時代，現代亦有許多陶藝坊）。不論真實與否，至少他們的氛圍與我的設定極其吻合。另一方面，孤傲的單身女郎大多一身輕裝簡從的打扮，大概是看了雜誌的介紹慕名而來的吧。對於這些喜歡獨自閒逛的女文青而言，能有一家美味又沒有壓力的咖啡廳，絕對感激涕零到不行。

❖

有一次，我在「Oxymoron」看到一對年輕男女。當時的我，應該正享用著美味可口的咖哩飯、秀色可餐的沙拉，以及難得的寂靜，但不知為何卻被這對情侶深深吸引，而且越看越入迷，連感官都罕見的敏銳了起來。

我不是在發牢騷，也不是被別人給惹毛，就是心裡有個疙瘩，而且堵得慌。其實，這種焦躁的心情也不是第一次了。早在十幾年前，我只要看到某類型類型的情侶，這種心情就不免油然而生。我長久以來的對策就是，眼不見為淨，然後跟可燃垃圾一起丟得乾乾淨淨。如果要我將這個莫名的焦躁從垃圾桶撿出來，勉強訴諸於文字的話，大概就是：我就是討厭那些穿著碎花襯衫的草食男（**按：指對戀愛消極或被動的男性**）在大庭廣眾下，與女性卿卿我我。甚至，恨不得有法律明文制止。

可能有人會反問我，妳算老幾啊，管這麼多。不過，我就是控制不了這種厭惡的情緒。雖然這些如同草食動物般個性溫和的男子，對戀愛或情欲消極、無心於男歡女愛，但其實他們頗受部分女性的歡迎，更並非全是大眾眼裡的「NG男」。而且不少草食男一副沒有殺傷力的樣子，身邊的女友卻是一個接著一個換，從無間斷。我無意干涉他們的私生活，只是每每看到這些男人帶著洋娃娃般，「奧莉薇」（Olive）類型的可愛少女在鎌倉約會，就忍不住想抒發己見。

這位穿著碎花襯衫的草食男，在咖哩飯上桌以前，執拗且不斷的用手搓摩著女生的大腿。當下我真想叫他給我住手。

他們入座的餐桌較寬，不用像陶藝夫妻檔（假名）那樣面對面，而是並肩而坐。對於那些恨不得像連體嬰黏緊緊的年輕情侶而言，這種橫長形的餐桌更方便他們坐在一起親熱。話說回來，如果只是握握小手或者碰碰手肘之類的倒也還好，搓摩大腿就真的有礙觀瞻了。

我是這樣想啦，如果是選擇扣領設計、碎花襯衫的男子，在穿上襯衫的那一刻起，就該卸下肉食動物的雄性角色。即便是表面工夫，也要好好展現溫馴且毫無殺傷力的一面，就像頭角未長齊的小鹿斑比一樣，而不是一身的狂野。

即使這些草食男脫下襯衫以後，有完美六塊肌，亦或是性感的鬍渣，那也不關我的事。反正，不管是吃草還是食肉，只要套上碎花襯衫，至少在行為舉止上也該像頭草食動物吧。切莫辜負那滿滿的碎花。

打個比方，若穿的是粉嫩色荷葉邊洋裝，就不要畫誇張撩人的豹女眼妝；一身緊身黑色皮衣的調教師裝扮，就不要將象徵純潔無瑕的白色花冠往頭上戴。這些男人既然穿了碎花襯衫，那雙明顯受下半身操控的鹹豬手，能不能就給我安分一點呢？

或許是我對這些草食男的期待太高了吧。我總以為這些穿著碎花襯衫、垂肩剪裁的淡色開襟毛衣，外加一副膠框眼鏡的男人，肯定與我們這些女文青一樣，對於戀愛或情欲無感，甚至有過之而無不及。而且他們不像世上其他男人，只將女人當作是滿足生理需求的雌性動物，而是從精神層面欣賞女人的內涵。但或許這不過我一廂情願的看法吧。

我隔壁坐著一對靦腆的情侶。小女生一頭烏溜溜的秀髮，留著罕見的妹妹頭，臉上則是一抹淡妝。白色高領毛衣搭配卡其色外套，裙子當然也是過膝的全副武裝。明明荳蔻年華，卻一副稍微暴露就會死的清純模樣。不過，即使桌子底下的大腿被不斷翻弄，臉上卻自始至終掛著微笑。我越想越氣憤，真想勸告她：小妹妹，再這麼假扮清純女的話，總有一天會被男人厭棄的喔……。

他們沉浸在兩人世界裡，你一言我一語的耳鬢廝磨，並且輕聲說笑。我拚命的豎起耳朵，只聽到：「這個辣味咖哩……應該會很辣吧？」、「討厭啦。呵呵，要選那一種好呢？」

聽到此處，我便想也不想的切斷心底的偷聽電路。拜託，你們的肉麻讓我都吃不下飯了。

我不斷的告訴自己要淡定、淡定。不過，就在我將目光從餐盤上移開，向上一望，剛好看到男子的手指，正在小女生的大腿上，不斷的畫圓撫摸著。而且，摸著摸著，竟開始透露出情色的氣息。喂，你這個小碎花，大庭廣眾之下能不能安分一點。當然，我也不是說那些衣著浮誇，看似對兩性關係開放的男男女女，就可以在光天化日為所欲為……。

❖

電腦介面中有一種專有技術叫做「WYSIWYG」，是「What You See Is What You Get」（所見即所得）的縮寫。這是一種編輯器管理程式，螢幕上顯示的內容等同輸出結果，使用者在螢幕上看到什麼，印出來就會是那個樣子。

其實，傳統的文書處理軟體也挺方便的，敲一敲鍵盤就可以印出來。如果只是修改文章的話，WYSIWYG反而麻煩。而且，切換到不同介面的時候，明明排好的版面，也容易會出現一些錯誤。

因此，我總是逼自己養成習慣，隨時確認原始碼在未經編排以前的狀態。就像面對那些碎花襯衫的男子，**問題不在於襯衫，而是注意他們的內在，是否出現程式錯誤的跡象。**

前些日子，我忙到很晚才到表參道某家餐廳用餐。那是一家茶飲咖啡廳，主要提供高單價的有機蔬菜，滿足都市人對奢侈的追求。例如，一瓶一千日圓的冷壓果汁、養生套餐中還特別提供純素料理等。

我看著空蕩蕩的店內，突然想起鎌倉。因為我附近坐著一對情侶，他們點的養生甜點的餐盤頗有「Oxymoron」的風格。簡單樸素又時髦的設計，完全襯托出餐點的美味。請容我再廢話一次，這種沒有壓力又可好好吃一頓飯的咖啡廳，對於單身的客人來說，真的是感激涕零啊。

這家咖啡廳總結來說，餐飲味道還不錯，只是服務生的心理素質，出現嚴重的「程式錯誤」。首先，我點的是綠蔬冷湯，端上來的卻是玉米巧達濃湯。一位高瘦到可以去巴黎時裝周走伸展臺的美少年，雙手端著熱氣騰騰的濃湯，對著因上錯菜而目瞪口呆的我說：

「咦？妳點的不是巧達濃湯喔？那妳點啥呢？」

什麼？我點啥？我忍住不生氣，再說一次我點的湯品，他接著說：

「是喔，那我換新的給妳。不過，這個怎麼辦咧。是這樣的，我們如果上錯菜就會倒掉。」

於是，我就直接吃了。老實說，我是真的餓昏了。那個濃湯雖然不便宜，但也才小小一杯而已。後來，我真正想喝的冷湯與豆腐套餐上桌了，雖然同樣不便宜，味道也還算可口美味，只不過三道菜吃下來，我並沒有吃飽的感覺。

就在我走近櫃檯準備要結帳的時候，又遇到那個年輕小夥子。他本來是面對我的，卻突然接起電話來。只見他用左耳跟左肩夾著手機，另一隻手找著紙筆。是啊，與拿著錢包、等結帳的我相比，接電話當然重要多了。沒想到下一刻，他看了我一眼，舉起拿著原子筆的右手，在臉前向我揮了一揮。換句話說，他是用手勢在跟我打PASS：「好，好……。歹勢齁，我在講電話捏，等等幫妳結帳喔。」

男侍圍裙包裹下的纖細腰身，那麼一站還真是玉樹臨風。我不禁讚嘆，這才是配得上表參道咖啡廳的顏值哪。雖然他不是故意沒禮貌，而是天生就是直白的個性，不過我還是忍不住想說他幾句。

既然在標榜健康取向與樂活的養生咖啡廳工作，就該注意自己的言行舉止，而不是擺出時下速食店也不可能有的服務態度。

不論私底下是肉食主義、蔬菜主義或素食主義，都無關緊要。

至少工作的時候，就應該真心誠意維護咖啡廳的形象，就是假裝也要有個樣子。這是我對他的忠告。

我並非在這裡大發牢騷，說到底不管是時髦餐廳的草食男，或養生餐廳的服務生，都只是我一廂情願的想法，與一廂情願的失望罷了。世上永恆可信的，唯有咖啡廳的美食，其餘的莫名焦躁就將它們丟進垃圾桶，隨風而去吧。

札幌的璀璨星空

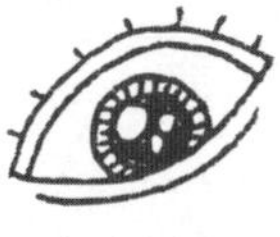

老實說，我是一個不折不扣的腐女，也就是那種喜歡看男男戀、情色或是對美女坐懷不亂的男子。一般大多以「愛好男同志作品的宅女」來解釋腐女，不過我的詮釋則稍微不同。其實，我對於男同志如何翻雲覆雨並無太大興趣。我之所以是腐女，不過是欽佩男性在純友誼中，所萌發的暗喻式性愛而已，以及男人與男人之間，那種無可取代的親密關係。

我自小就喜歡窩在學校的圖書館，遨遊於福爾摩斯與華生、怪人二十面相[29]與明智小五郎，或者明智小五郎與小林團長之間，濃密深厚的同性情誼（homosocial）。比起那些男孩遇見女孩的少女漫畫，我更熱衷於在拚得你死我活的拳頭相向中，心靈交會的少年漫畫。就像我讀書的時候，之所以好學不倦，是因為現代國文課上，神往夏目漱石在小說《心》的開頭中，對老師的一見傾心。

是因為文言文課上，神往《平家物語》中，木曾義仲與愛將今井四郎兼平的殊死決戰；是因為國文課上，神往李白與杜甫的情書傳遞；是因為世界史上，神往老師將三國同盟與三國協約[30]比喻成冤家吵架的活靈活現；是因為倫理課上，神往蘇格拉底與柏拉圖的關係。可惜的是，數學課的 χ 與 y 讓我神往不了，因此總是滿江紅。不過，當我知道尼古拉・布爾巴基[31]（Nicolas Bourbaki）這號人物的時候，又忍不住神往了。

自從「腐女」一詞問世以後，經常遭到誤解。世人總以為她們肯定有不尋常的性癖好，因此避之唯恐不及。其實，腐女愛看的，不過是男人之間的同性情誼。雖然我的有色眼光與男人的出發點稍有不同，但看出去的世界卻並無兩樣，因為那些不切實際的情色幻想情節同樣也是男同志所追求的，只不過萌到我的對象不全是尖下巴、眼睫毛巴眨巴眨的虛擬人物。

至少以我來說，只要看著男同志一副女孩兒的尖叫著，或者靦腆抿嘴淺笑就已心滿意足。我記得，幾年前在推特的腐女圈中，有這麼一篇引起迴響的投稿。以下是該

29 日本推理小說家江戶川亂步的作品。描述以小林芳雄為主的少年偵探團，在名偵探明智小五郎的協助下，與怪人二十面相鬥智的偵探小說。

30 三國同盟為德意志帝國、奧匈帝國與義大利王國於一八八二年簽署的軍事同盟；三國協約為英國、法國與俄羅斯於一九〇七年簽訂之協議。

31 一群二十世紀的法國數學家，在探討現代高等數學時所用之筆名。

網友的目擊證詞。

話說兩位最萌身高差的歐吉桑喝得醉醺醺。一個身高約莫一百八，一個接近一百五。兩人身高懸殊，卻摟肩抱腰走的親近。其中一人說：「欸，這個地方我喜歡。」另一人則說：「瞧，我說得沒錯吧，早就叫你搬來跟我當鄰居了，搬對了吧？」

「嗯，下次再喝酒去，喵。」

「是啊，喵。」

他們踉蹌的背影，真的是太萌了。

據說這位網友某天深夜回家，路過武藏小山站前超商剛好看到這一幕。這兩位勾肩搭背，大搖大擺的從熱鬧街道轉入巷弄的歐吉桑，似乎是兒時玩伴。聽口氣，個子較高的那位像是最近恢復單身而搬來此處。雖然不清楚是因為夫妻的生離死別，還是年邁雙親離世後的孑然一身。而個子較矮、性情開朗的朋友，因為在此置產，又看他沒有地方去，便好說歹說叫他搬來這個有熱鬧商店街且人氣鼎沸的地方。從此以後，他們每天晚上都能在外面喝上一杯，那種雀躍的神情，真的是可愛到不行。

我當然知道他們怎麼看都不像同志，也不會有那種關係。不過，對於腐女的我來說，這兩位可愛歐吉桑的換帖情誼，遠比老婆來得深厚，所以才會在喝醉後，感動到喵喵的抱在一起。他們的舉止真讓人怦然心動。

❖

其實，幾年前我也遇過類似的情景。當時我還在出版社上班，剛好去札幌出差。因為我手上有幾位作家住在北海道，所以每年總要利用兩天一夜的行程，跑幾趟北海道總結一下工作。

每次出差的時間都壓得很緊，根本沒有閒暇四處觀光，總是住同一家商務旅館，在車站前的咖啡廳與作家討論上好幾個小時。在苦行僧般的行程中，唯一慰藉我的，是新千歲機場的拉麵與北海道特產奶油三明治。

剛開始我還會找一些口碑不錯的知名餐廳，認真排隊只為了吃個海鮮蓋飯，後來才知道，北海道隨便一家餐廳的海鮮，好吃到連東京都望塵莫及。後來，我便就近用餐了事。話說某天夜晚，過了九點，我卻突然飢腸轆轆，剛好看到飯店前面有一家居酒屋，便踏了進去。

我點了高球雞尾酒、小菜、綜合生魚片與豆腐燉肉以後，心想都這麼晚了，熱炒或麵食未免熱量太高，還是來條烤魚吧……。正當一個人吃得興高采烈之際，眼光順著牆上的菜單，不自覺的落在一樣坐在吧檯內側的兩位男客。

這個時間點，店裡的客人大都走光了，過了最後點餐還賴著不走的，就只有我們幾個。店內的電臺廣播正播著有點年代的流行歌曲，好在這首曲子是我聽慣的，完全不影響我的偷聽。事實上，世上沒有什麼地方比菜單貼在牆上的居酒屋，更適合竊聽的了。我只要茫然的望向牆壁，一副不知該點什麼的模樣，就能避開眾人目光，肆無忌憚的觀察。

這兩人似乎在同一家公司，從事理工方面的研發。放在椅背上的保守西裝，襯衫胸前口袋裡插著的無趣領帶，連眼鏡都是過時的細框眼鏡。這對外表看起來勤勤懇懇的大叔，全身上下怎麼找，就找不出一丁點不同之處。

「欸，想想啊。我們讀大學的時候，還看得到一些經濟泡沫的影子呢！」從這些話說當年的內容來看，兩人約莫四十多歲，應該是學長學弟的關係。他們熱烈的聊著以前發表了幾篇論文，與爭取到多少研究經費。我猜這兩位應該是在北海道大學取得碩士學位，或者博士學位課程以後，在當地找到工作的吧。

年齡較大的那位似乎在關西大學還保有學歷，其實大可當個研究員什麼的。因此另一位學弟在抱怨公司薪資的時候，便幾近撒嬌的說：「像木島（假名）學長這麼厲害的人，薪水怎麼會跟我差不多，怎麼可能啦！」這位學弟的聲音、體型或舉止都明顯浮誇許多，看起來是喝茫了。而他仰慕的學長就是在一旁，靦腆的吃著小菜，靜靜聽他訴苦。

如果這兩人真是同志的話，那麼學弟應該主攻，而學長則是主受的一方。其實，木島細看下還真是位俊美的大叔。當我這麼東想西想的，將一盤豆腐燉肉掃光以後，卻被接下來上桌的花魚嚇得倒抽一口氣。沒想到光是一條魚，東京跟北海道的尺寸竟然差了一倍之多。花魚好吃是好吃，不過怎麼看都非我一人所能解決。

這兩位戴著銀框眼鏡，雙胞胎似的大叔繼續他們的閒聊。兩人的個性似乎南轅北轍。木島學長即使上了一整天班，扣領襯衫依然直挺潔白，看上去特別清爽；而學弟完全是對照組，一臉的鬍渣甚至讓人懷疑早上是否忘了刮。最重要的是，他本人對額頭的汗珠與嘴邊的啤酒泡沫完全不在意。就在我與那條巨大花魚搏鬥的時候，木島學長改變了話題。

❖

「說起來挺不好意思的，我都這把年紀了，平常唯一的嗜好就是玩玩星象儀。」

「欸，我也是。我最喜歡帶我們家小朋友去科學館了。你都不知道最近有些功能還真是厲害呢！」

「是嗎？我正想著要買一臺好一點的，在家也能觀賞的器材！」

「真的啊，你是說那個百萬畫素什麼的嗎？聽說很貴喔！」

「你說的是『HOMESTAR』（星空投影機）吧。其實，跟天文望遠鏡那種專業等級比起來，還算是便宜的了。」

「對了，我記得你們家有望遠鏡是吧？欸，你看我們家小朋友他今年都小學二年級了……。」

「嗯，等他長大一點，我再把這個給他也行啊。反正都是看星星，只不過是外面玩真的，家裡玩假的而已。更何況我也不會扛著它到處走，頂多放在家裡擺著罷了。」

「真的啊，那我跟你買。」

「不用，不用。如果真的喜歡的話……找一天拿給你吧。」

「那怎麼好意思！不過，你看啊，你一個人住在那麼豪華的房子裡，一邊喝著美酒一邊欣賞星空……。唉，你根本是高富帥哪，我連你一根汗毛都比不上呢！」

「哈哈哈……那是你不知道寂寞的滋味。」

從這兩人一整段的星空對談看來，俊美的木島是一位獨自住在豪宅的單身貴族。他雖然領著學弟僅夠養家活口的「微薄」薪水，卻沒有花在男歡女愛或尋找對象上，而是存起來或者沉浸於自己的樂趣，所以經濟上游刃有餘。

偷聽至此，我不禁想問：「親愛的木島學長，你該不會是同志吧？」還有你老，該不是暗戀著這位學弟吧？

因為你口中的「如果真的喜歡的話」，或者「那是你不知道寂寞的滋味」等，都隱隱透露著莫名的哀愁，還有那種有情人無法終成眷屬的遺憾。而那位一臉鬍渣、神經大條的學弟，卻永遠將你當成一位不願受家累所苦的中年大叔。完全沒有想過這麼一位俊美的學長，之所以長年不近女色的理由，或者暗藏的心思。

難道木島學長之所以捨棄關西大學的大好前程，屈就於北海道就是為了常伴這位學弟左右……？不過，好不容易美夢成真，這位學弟卻變成一位顧家的好爸爸。而學長能做的不過是送給他天文望遠鏡這麼一件小事……。欸，多麼賺人熱淚的故事哪。就在此時，電臺廣播傳來一青窈的〈花水木〉。花魚上的檸檬汁隨著苦戀的旋律，嗆得我淚眼朦朧。

總而言之，所謂腐女，就是要有能力在細枝末節間洞察機先，並且發揮各種想像力，例如：「嘿嘿，我保證這兩人肯定有問題」。不過，在聽到下述對話以後，又不得不承認這些都只是自己天馬行空的妄想。例如：

「木島你又沒有家累，偶而奢侈一下也不為過啊。那個星象儀最適合你了，就買了吧！」

「嗯，說得也是。如果我買了，你可得來我家玩喔。我們一起看星星。啊，我是說把你們家小朋友也帶來，哈哈。」

木島學長，不會吧？你為了讓自己暗戀已久的學弟來家裡玩，竟然斥資買一個星象儀？而且還多此一舉的說：「把你們家小朋友也帶來，」而不是「你老婆也一起吧」。這是什麼心態？這位少了一根筋的學弟聽了以後，卻忍不住興奮的說：「真的嗎？哇！我一定去府上打擾！」這個時候，一青窈的歌聲又在耳邊響起，絮絮唱著：「我的忍耐總有一天會開花結果」、「祝福你與心愛的人百年和好」……。

他們是否是同志已無關緊要。我的胡思亂想既不對誰造成困擾，亦侵害不了誰的人權。這不過是我腦海中妄想的小說情節，純屬於我私人的樂趣。哎，如果能跟心儀的人浪漫的觀星賞月，此生也就別無所求了吧！即使那是人工的星空，或者有他兒子當電燈泡……。在我對於木島學長的癡情感同身受的同時，突然沒了食慾。

於是，那個巨大的花魚便半途被我打入冷宮。

星探的突擊物語，美眉請小心

我曾在電視上看到一則有關犯罪案件的報導，當時記者想從鄰居口中，問出嫌疑犯的蛛絲馬跡。一位不願具名的住戶說：「這個人啊，總是拿著手機講個不停，很像演藝圈的人，」同時加碼說：「欸，不過這一定是他的煙幕彈啦。」看來，這位嫌疑犯的偽裝功夫之差，連小老百姓的法眼都逃不過。

這就好比黑道大哥一定要穿一身黑，同時戴個太陽眼鏡來遮住臉上的傷疤；文豪就得一件居家和服，抱著愛貓面對著一桌子的手稿（按：在日本，有許多作家是愛貓人士，例如：村上春樹、角田光代等）；或者高中女生都喜歡嘴裡咬著吐司，三兩步的趕著上學；在電視臺上班的人出門時，都會拿著手機說：「我看還是找EXILE（放浪兄弟）吧。」然而，以上種種不過是電視劇製造出來的假象。或許在世界某個角落是真有其人其事，但要遇到的機率幾乎是微乎其微。因為，時至現今，文豪們的大作都是透過電郵傳送附加檔案。當然囉，偶而也有例外。

其實，在演藝圈工作的人都有某些特定的共通點。只要多接觸幾次，就能嗅出那個味道。最近我在「京林屋」咖啡廳，遇到吃著抹茶甜點的兩位女生就是最好的例子。其中一人穿著束腰外衣長袍、緊身褲與一雙球鞋。另外一人則穿著牛仔褲與軟木涼鞋，兩人臉上幾乎不施胭脂。她們面對面坐著，手邊攤著的厚重筆記本上，密密麻麻的寫滿了行程。

如果這些行程是寫給自己的話，應該不會有閒情逸致在這種咖啡廳享用甜點。換言之，她們的工作性質比較像替某人敲訂行程，然後幫忙喬時間。因為剛好碰到空檔，於是便忙裡偷閒，即使還沒敲定的行程，讓她們有些焦躁。我正猜想著，她們不是電視臺的後製或AD（助理導播），就是舞臺、影像製作公司，或者經紀公司的菜鳥。繼續偷聽下去以後，發現自己還真沒猜錯，這兩位小姐都是經紀人。

其中一人小心翼翼的拿起手機，壓低聲音的打招呼：「您好。我是某某公司的畑中（假名）。請問您有聽到我的留言了嗎？」當她確認完錄影當天需要幾點以前報到以後，便掛掉電話，然後深沉的歎口氣。即使最新推出的時令甜點總匯上桌了，也沒能讓她們發出嗲聲嗲氣的尖叫。她們只是淡淡說：「哇，這麼大一個。未免太誇張了吧！」、「有什麼關係，偶而吃吃看也不錯。」然後互相說：「來來來，辛苦了，辛苦了。」有氣無力的，各自蓋上厚厚的筆記本。

這家店在平日的黃昏時分，幾乎九成以上都是女性，不過卻只有這兩位女生有著死魚般的雙眸。即便是再年輕健康的女生，只要成天過著不規律的生活，遲早都會變得黯淡無光。從早到晚的奔忙，卻只換得杯水車薪，而且總是一臉的疲倦及茫然。她們甚至不知道自己為什麼會如此忙碌。世人眼中多采多姿的演藝圈，其實就是由這麼一群滿臉滄桑的年輕幕後工作者支撐著。

❖

話說我吃完抹茶蕨餅以後，立即拿出我的愛瘋搜尋「某某」經紀公司。根據維基百科的解說，他們旗下的藝人大多是話劇出身的實力派資深演員。我一邊瀏覽著那些好像聽過但印象模糊的藝人名單，一邊不忘豎耳傾聽。

「不會吧，如果延到秋天的話，乾脆殺了我算了。」她們似乎在討論某年輕男藝人的攝影行程。因為牽一髮而動全身，只要一個行程有變動，接下來就得大幅更改。例如電視、雜誌的採訪，或者出外景等，各種行程都會亂成一團。此外，有些尚未成名的新人因為沒有經紀人，公司甚至只會調度一些閒人幫忙照看打點。只見她們繼續討論藝人的行程。

「星期二？好啊。叫老闆派輛車來跟班啊！」

「妳傻了嗎？星期二是《○○雜誌》的採訪耶。怎麼可能讓小原（假名）跟班？我們跟服裝師也沒照過面，哪來的美國時間，不可能，絕對不可能。他啊，能在清晨連續劇幫點忙就阿彌陀佛了！」

這個時候，我耳中飛進一個熟悉的名詞，那是貴婦們愛看的流行雜誌。我想像這位素未謀面，老大不小又不起眼的阿伯，大腦同時做出判斷：是啊，派小原跟催這本雜誌確實是不可能，絕對不可能。想像中的他應該是一位穿著西裝，在只有幾個榻榻米大的休息室中，安安分分吃著劇組便當的老實人。或許他在小劇場混的時候，因為與某大牌男星同甘共苦，後來便因緣際會一起自立門戶，而當上老闆什麼的。

她們面對眼前一大盤琳瑯滿目的甜點，只有長吁短嘆，甚且只能在公司外頭互吐牢騷。即便如此，不修邊幅的外表與疲憊不堪的眼神，都沒能蓋住年輕臉龐散發出來的專業形象。她們決不會將旗下藝人「營生」的重要工具，也就是藝名掛在嘴上。即使錄影行程再緊湊與慘絕人寰，也不會具名說出所有共事的演員、製作人與節目的壞話。如果不是那一通回電，我甚至連經紀公司的名字都掌握不到。

老實說，真正敬業的人在任何可能洩漏機密的地方，都會如此嚴密的控管資訊。不論付出的代價是否九牛一毛，在嚮往的演藝圈一展長才的驕傲，都讓她們三緘其口，並默默完成各種大大小小不合理的要求。

那種故意在鄰居面前，對著手機拉高聲量，說出藝人名字來當幌子的舉止，被打死她們都不會做。

✣

「喂，你們聽說過某某某嗎？就是那家模特兒公司啊。嘿嘿，我啊，最近被他們家老闆挖角了耶。」

「蛤？有人找你去演藝圈，這憑你這張臉？」

「不是啦。你都不知道有多搞笑，我竟然被挖角當星探。厲害吧？」

有一天，我在澀谷的某家漢堡店吃午餐的時候，又聽到演藝圈的話題。當時，我左手邊坐著三位男客。其中一人穿著紅色法蘭絨格子襯衫，另外兩人穿著休閒外套。但不約而同的，他們手上都戴有簇新的蘋果智慧型手錶（Apple Watch）。看起來像是在一家小公司工作的同事。那個穿法蘭絨襯衫的男客一口彆扭的關西口音，正口沫橫飛的說著，自己被慧眼識英雄的場景。

「他跟我說星探其實是需要特殊才能的。而且，完全業績制。比方說在路上跟女孩子搭搭訕，只要發掘出一個到哪試鏡都能拿下角色的搶手貨，就能靠這棵搖錢樹，培養其他小搖錢樹。只要搖錢樹底下再養十來個新人，不出幾年我的地位就穩坐泰山了。」

另外兩位同事聽了忍不住哈哈大笑：「你嘛幫幫忙，什麼跟什麼啊。這不是老鼠會嗎？」、「媽呀，也太怪了吧，而且還不支薪。」不過，當事人卻回說：「這些我都了解。我知道是不太尋常啊。不過，培養新人的是他們又不是我。我只要趁著休假趴趴走，挖掘新人就可以了呀。」接下來，甚至冷靜的說：「嘿嘿，我還想業績到時候該怎麼分咧……。」服務生將我點的番茄燉漢堡放在桌上以後，便拿著菜單朝這三位男客走去，於是他們的談話就此打住。而我則獨自一人靜靜等待漢堡的肉汁，在熱騰騰的鐵板上不再四處噴射。

「我們的飲料嘛，嗯，餐後上。喔，對了，妳知道小惠（假名）嗎？我跟她挺熟的。咦？妳應該知道吧？呃，妳是松井（假名），是吧？怎麼會不記得小惠呢？她看起來跟妳差不多，頂多二十二、二十三歲。嗯，還是我猜錯年齡了？」

我假裝拿起刀叉，不由自主的再次望向隔壁桌。那位法蘭絨襯衫口中的「松井」就是剛剛幫我遞上鐵板燒，有著兩顆虎牙，長得蠻可愛的服務生。這些男人在點菜的時候，喜歡看一下服務生的名牌，直呼其名的套關係，甚至探查一下人家幾歲。看來這是他們慣用的做法。

這位有著虎牙的服務生，面對法蘭絨襯衫的逼問，不知如何是好的說：「欸？我不太清楚耶……。」他卻還繼續搭訕：「我跟妳說，我跟小惠可熟了。我們去年還一起喝酒去了呢！我聽說她不做了，才特地來這裡見她一面的說。她不是今天都排班的嗎？妳跟小惠不熟嗎？」

餐廳的負責人原先躲在廚房，緊盯著久久不回的女服務生，這時也終於按捺不住。於是，一位身形削瘦還帶有點斜睨眼神的奧客剋星終於上場。

「欸，不好意思，打擾了。」

「喔，妳好妳好。我們正在聊小惠呢。其實，我跟她還挺熟的。就是那個打工的妹妹啊……。」

「喔，是嗎？」

「就是那個總是上晚班、愛打籃球，高高瘦瘦的那個啊……。」

「喔，您是說宮崎（假名）吧。」

「對，就是她、她什麼時候辭職的啊？」

「應該有兩個月了吧！」

「是喔，原來如此。所以新來的都不知道有這麼一個人，是吧？對了，妳是副店長吧？」

「我嗎？欸，是的。」

雙方交鋒至此，副店長一副受寵若驚的表情，銳利的眼神瞬間瓦解，同時臉上的笑容掩不住訝異。她原先的任務是來趕走這位糾纏服務生的奧客，此時卻表現出一副久逢故友的欣喜。

「啊~您好、您好！謝謝您經常光顧本店！」

「對啊，我可是你們店裡的常客喔。」

「是是是，各位都是衝著宮崎來的貴客吧。恕我怠慢了，怠慢了。」

「沒事、沒事。我們也好久沒來了，就是來看看。欸，那個松井還挺可愛的。」

「哈哈哈，是您不嫌棄。」

看著腳步輕盈的副店長與滿臉通紅的松井小姐離去的背影，我忍不住想給法蘭絨襯衫先生一些良心的建議。沒想到不用我開口，他的同事便說出我的心聲：

「齁，我總算知道，為什麼你會被挖去當星探了。」

「蛤？什麼意思？」

「你想想啊，上一次的妹、今天的妹，甚至連副店長都被你搞定。你天生就是適合欺矇拐騙的。我來這裡這麼多次，也沒記住過誰的名字。」

可不是嗎？這種對著素不相識的女生，三言兩語便問出一切的才能；為了可愛妹妹不厭其煩光顧漢堡店的才能；搭訕卻不被討厭，還能讓對方印象深刻又討喜的才能；明明是司馬昭之心，卻能讓對方卸下心防、毫無戒備的才能。這些才能連平常嚴肅的副店長，也心甘情願的將自己手下最得意的服務生雙手奉上。以上種種都足以證明這位在附近上班的男子還真是不簡單，光是耍耍嘴皮子，就能哄得大家心花怒放。所以說，松井妹妹啊，不怕、不怕。

這位奧客雖然有點煩，不過可是專業級的。絕對不是什麼怪叔叔喔。

「喂，你真的跟那個打工妹喝過酒？怎麼約的啊？」

「也沒什麼。有一次我就跟她說，我們常去的那家居酒屋還不錯。沒想到有一天晚上竟然就在那裡碰上了。真的是天助我也，哈哈哈。」

老實說，他聽來的那套生意經，我也覺得疑點重重，簡直就像黑心業者的慣用手法，專門誘騙那些想進演藝圈發展的小女生。話雖如此，倒也不難想像會有老闆對他的才能驚為天人，說什麼也要將他留在身邊，當個馬前卒。因為他就是有那個才能，能夠不落痕跡的發掘出可愛妹妹，同時納入麾下。而且不論如何威逼利誘，或者放一個閒雜人等勿入的立牌，他也完全不當一回事，運氣之強簡直到了不可思議的地步。連我這種對演藝圈毫無所知的人都打從心底想，嗯，老兄你絕對能在這個業界混下去，而且還能混出個名堂。

這兩位吃著抹茶甜點的女生，如果是演藝圈現實生活中的螺絲釘，那麼他就是理想中的「千里馬」。那些肩膀上披著一件毛衣、穿雙懶人鞋在六本木到處閒逛的演藝圈人士，是漫畫裡才出現的冒牌貨；像他這樣的鳳毛麟角才是業界真正渴望的人才。幸運的是，他還不知道自己的價值所在，所以能夠瀟灑的一笑置之。我像是無意間撞見一顆璀璨的鑽石原石，同時默不作聲吃著我的番茄燉漢堡肉。

高空上邂逅白馬王子，空姐笑了

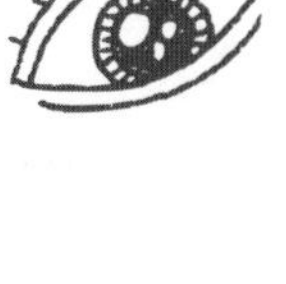

有一次，我從東京飛往紐約，略施了一點小技，將自己從經濟艙升等為商務艙。對我來說，這就是日常生活的小確幸。

現在的商務艙已不可同日而語。隔板區隔出來的空間，與其說是座位，更像是稍微寬敞的小房間；只要一個按鈕就能平躺下來，雙腳還能自由伸展，愛怎麼睡就怎麼睡。除此之外，電視螢幕有二十吋之大，桌子也大到能夠攤開文件辦公。源源不斷的溼紙巾、三更半夜還有美味的拉麵墊墊肚子、洗手間配備的免治馬桶，這一切的一切都一度讓我心生在此扎根亦無妨的念頭。

這次的飛機餐菜色還頗豐盛，我點了日式套餐，同時用遙控器點選迪士尼推出新版的《灰姑娘》。飛行中最大的享受，莫過於看一些不用大腦的娛樂作品。

男女主角的日語配音由高畑充希與城田優擔綱，這兩位都是日本音樂劇演員，因此我特地選擇了配音版，而不是英語版。唯一美中不足的是，唱歌的橋段太少。不過，高畑充希的配音技巧真的沒話說，從頭到尾盡是大珠小珠落玉盤般的燕語鶯啼。

首先，來的是開胃菜與冷菜拼盤，再來是溫蔬菜、米飯與味噌湯。所有菜色都用氣派的餐盤裝飾得美輪美奐。味道雖然不錯，不過那道小黃瓜、白蘿蔔與煙燻鮭魚的冷菜，在稍嫌寒冷的機艙內吃起來，讓人有一種高處不勝寒的感覺。於是，我便莫名的懷念起，經濟艙那個微波加熱、吃起來熱騰騰的餐盒。

吃完前幾道菜以後，暖呼呼的白飯與味噌湯一直沒有送上來，我便裹著毛毯、啜著焙茶，將腦袋在走道上探來探去的，注意著空姐的動向。而我斜前方一位男性乘客一口氣喝光味噌湯以後，似乎還想再來一碗。結果，眼看空姐就要來我這裡了，卻硬生生的被他喚住。於是，她笑容可掬的聽完吩咐以後，又這麼硬生生的從我眼前，折返回機上廚房。喂喂，小姐，不會吧？

這位男乘客與我隔著一條走道，就坐在我的斜前方。因為他的不識時務，讓我總是等不到空姐的蒞臨，坐立難安。我雖然想再要一條毛毯與一杯焙茶，不過這等小事也沒有急到按服務鈴的程度，於是便作罷。

我原本想等空姐經過的時候再開口，可是等來等去，就是等不到空姐從我身旁經過。相反的，她們倒是在這位男乘客與機上廚房之間，頻繁的來來去去。

這位男客有著高眺的身材與拉丁人深邃的五官，真的是帥到不行。耳機裡正傳來飾演王子的城田優，在森林裡巧遇灰姑娘的一幕，他濃情密意的低語：「真希望還能再見到妳……。」有著西班牙血統的他，那種獨特的腔調和形象竟與斜前方這位男客不謀而合。

我雖然耳裡聽著電影的對白，嘴裡吃著飛機餐，眼睛卻牽掛著前方的一舉一動。突然之間，那位男乘客與空姐的對話，竟讓我有觀賞日語配音的錯覺。例如「小姐，妳怎麼稱呼？」、「您好，謝謝您搭乘本班機。我是機組員田中」、「是嗎，真希望還能再見到妳……。」、「是，我現在就將您的味噌湯端上來。」我心裡想著，天啊，田中（假名）不要再管妳的白馬王子了，也給我來一杯味噌湯吧。

❖

我嘴裡吃著好不容易送上來的白飯，同時按下暫停鈕，盯著飛機上的城田優（假名）猛看。老實說，世上還真找不到類似機艙，這般可以肆無忌憚觀察他人隱私又不怕穿幫的密閉空間。

對於他來說，寬廣的商務艙座位似乎嫌小了一點，於是得時不時的動一動身體。

他的身材與演員城田優同樣高大，應該不下兩百公分吧。一身素黑，說不上時髦，也看不出多有錢。說他是美男子，身材未免魁梧了點。不過，黑色短髮下有著一管挺直的鼻梁，而且密長的睫毛朝下搖曳生姿。

我的飛機餐總算進展到甜點。當天提供的是香橙慕斯與白葡萄酒果凍，菜單上寫著任選一種。走道的視線被擋住好一陣子，而餐車始終停留在那裡，遲遲無法朝我前進。好個城田優（假名），又是你啊，老兄。

什麼？任選一種。嗯，我可不會選啊。欸，妳說哪一個比較好吃？都好吃？那妳比較喜歡哪一個？妳應該兩樣都吃過吧。我聽看看妳的建議再說。欸，這個果凍下面的海綿蛋糕，是什麼口味啊？

他那英日語夾雜的表達方法，大概就是上述這些意思。負責上餐的空姐妹妹故作為難，卻又滿心歡喜的照辦。後來餐車總算動了，我彎著身體，看著我那等了又等的香橙慕斯，沒想到一個衝擊的景象映入眼簾。因為，我斜前方那位男乘客的餐盤上，竟然又有白葡萄酒果凍又有慕斯。不是吧？太過分了喔，城田（假名）！

不管是偏心也好，奸詐也罷，憑什麼帥哥就這麼受歡迎，真的讓人火冒三丈！

不過，當我心裡的嫉妒與憤怒逐漸平息以後，開始對於他為何如此討空服員歡心感到興趣。一般說來，遇到客人很盧的時候，各給一個甜點打發了事即可。讓我驚訝的是，只有他能讓空姐獻殷勤的說：「您要不要兩種都試試呢？」

隨後機艙的燈光逐漸變暗，原本每人一瓶的礦泉水似乎滿足不了他的需求。於是空姐便一次端給他四杯水，而他也當場一一喝光，然後放回托盤。幽暗的燈光下，資深的空服員不厭其煩的應付這位客人，一一回收空杯。只見他張開雙手，誇張的道謝：「謝謝啊。我這輩子還沒喝過這麼好喝的水。」然後，我千真萬確的聽到空姐用日語回說：

「是啊，這是專為您準備的。」

什，什麼，專為您準備是啥意思……？我簡直不敢置信。她就像一位溺愛的母親哄著耍脾氣的獨生子一樣。其實，我也常常一口氣跟空姐點好幾種酒。可是不論我如何表達心中的歉意，或者謝了又謝，也從來沒有人跟我這樣說過。相反的，倒是我擠眉弄眼的，暗示空姐手上的焙茶已經喝得一乾二淨，卻始終被視若無睹。

✥

當然，飛機上還有其他VIP。對於這些老主顧，空姐都能親切的叫出他們的大名，而且提供高規格的一對一服務。某些歐吉桑甚至可以享受貼心的一問：「您的飲料還是不變？」不過，這個城田優（假名）看起來雖然不像VIP，所受的特別待遇卻不遑多讓。

只要用心觀察的話，就不難發現不是「他喜歡招蜂引蝶」，而是「空姐喜歡被他招引」。

在走道來來去去的空姐，只要沒有急事，一定會滿臉笑容的，目視我斜前方的男乘客。而且一定停下腳步，關心一下是否有什麼需要服務的。而這個人也真有他的本事，只要抓住機會就對這些空姐報以無比燦爛的笑容，或者眨眨眼什麼的。我雖然看不到他的表情，不過單從這些空姐的表情也能窺知一二。

其實，我還是頭一次看到空姐工作得如此心花怒放。一般來說，她們在巡視機艙的時候，之所以總是笑臉迎人，是因為微笑是她們的工作的一部分。

不管客人多麼無理取鬧，客訴些什麼或者引起騷動，臉上自始至終一貫的笑咪咪。不過，這些人卻只有在面對城田優（假名）的時候，才會打從心底的展露笑容。就是一副為君效勞，喜不自勝的模樣。

更正確的說，他渾身上下散發一種「貴族」的氣息。於是，「擅於照顧」的空服員瞬間嗅出，他那與生俱來「受人照顧」的才能，便如魚得水般對他另眼相看。

其實，世人可以粗分為兩種。一種是專門照顧別人的，另一種是被人照顧的。對於服務業而言，非前者莫屬；而後者只要涉及服務他人，就徹頭徹尾的不適任。除此之外，善於照顧人的對於習慣被人照顧的，也如死對頭般，避之唯恐不及。那些明知違反餐桌禮儀，卻忍不住彎下身子，拾起掉在地上的刀叉；或者讓人服侍穿衣戴帽，便手足無措的人，上輩子大概是被使喚慣的僕人，從未試過身為貴族的滋味。欸，其實我這是夫子自道，說的就是自己。

例如以二十世紀初期英國貴族宅第為背景，膾炙人口的連續劇《唐頓莊園》（*Downton Abbey*），就是最好的試金石。這部連續劇描述貴族社會與底層奴僕的眾生百態。我不像其他人大多站在貴族的角度來觀看，反而總將自己想成劇中的僕人。

因此，對於劇情的共鳴或哭點，也就別有意趣。

這群住在豪邸的僕人，以服務貴族為傲。因此，劇情中不乏一些他們如何百般刁難，那些身分懸殊、不速之客的場景。表面上，他們應該將這些客人當成主人家，或者親戚般同等對待，不過他們臉上卻明白寫著：「這些不懂的服務品質的傢伙，休想讓我將他們當太上皇般供著。」

對於站在僕人這一邊的我而言，他們的心情我實在很能是感同身受。反過來說，這也是一種「千里馬喜遇伯樂」。雖然時至現今，貴賤尊卑的觀念已然淡薄。不過，當我看到空服員針對特定乘客如此熱情的款待，還是不自覺的想起這部連續劇。

同時，我也捫心自問，自己是否會因差別待遇，而氣到否定空服員的存在價值。例如用餐的時候，始終戴著耳機。吃完後默默的將餐盤遞回，然後縮在「小房間」中，謝絕空姐的服務。同時，說服自己「反正有需要的話，按一下服務鈴就行」。不過，卻又對隔壁乘客的差別待遇心癢癢。我的所作所為跟那些典型的奧客，或者被僕人在廚房私下鄙夷的暴發戶沒什麼兩樣。

就在我起身去洗手間的時候，城田優（假名）的枕頭正掉在走道上，於是我便順手擒了起來。他用流利的日語，微笑對我道謝：「阿里阿多。」由於事出突然，我並未與他四眼相對。

我因為長期飽受經濟艙之苦，所以十分講究如何在惡劣的機艙內，讓自己過得舒適暢心。例如一上飛機立即脫鞋甩襪，換上鬆緊帶的睡褲、壓力襪與拖鞋。因此，當我走回毛毯與薄墊鋪的「睡床」，突然有一位白馬王子朝我這麼一笑，當真不知該如何反應。如此舒適的商務艙，可能就只有我如臨大敵的嚴防以待。

我對於自己天生欠缺貴族的雍容大氣，改不掉經濟艙全副武裝的習性，稍稍感到不好意思。所謂他山之石可以攻錯，我也希望自己能夠像他那樣，成為一個廣受空服員歡迎的乘客。不過，飛著飛著，我卻想自己或許本來就不屬於「一等客艙」。

第二話

不管是真心話、表面話，你我都是共犯者

棒棒糖與炸豬排

最近，我常有機會到原宿表參道附近辦點事情。剛開始我還挺緊張的，總是打扮齊整以後才敢出門。不過，一個禮拜去了幾趟以後，例如在咖啡廳回一下工作的電郵，打發打發時間；或者去完銀行以後，順道買一些日用品之類的，這個時髦街區，對我來說也就不算什麼了。最近，甚至隨便一套便服，就能輕輕鬆鬆的出門。

某個雨夜，我在一條熟悉的街道上，推門走進一家飾品店閒逛。隨後，一位眼睛細長的年輕人從櫃檯後方走了出來。他看了看我手上把玩的手環，有條不紊的教我如何配戴，他說：「No, no. This way, like this.」（不不不，該這樣戴，妳看，像這樣）。他身穿一襲飄逸的皺褶式黑袍，鉛筆般細長的手腳，與一頭罕見的七三分油頭。他有著亞洲人典型的五官，英語腔調很重，卻不以為意的用英文與我交談。

其實，這個品牌是某位旅居英國的年輕設計師所創立的。我正想搞不好是他本人來日本分店視察，看一下當地市場的反應呢。於是，便心頭小鹿亂撞的聽他介紹，這家店的商品都是純手工之類的。然後，這位有著狐狸眼般的美男子，露出一個極其燦爛的笑容，看著全神貫注、一愣一愣聽著解說的我，一個字一個字的問：「Japan, shopping?」（妳是來日本血拼的？）

欸，這其實也沒什麼。他以為我是從鄰近國家來的觀光客。因為我總在沒聽懂他想問些什麼以前，就忍不住應聲蟲般的說：「喔，是啊。」於是錯過各種自我澄清的機會。自作自受的我只好靠著「Yes」與「Thank You」兩句簡單的英文，乾脆就假裝成「生性害羞，頭一次來到夢寐已久的日本，在夢幻之都原宿血拚的亞洲女性」。

隨後其他客人陸續光臨，狐狸眼便轉移目標，敷衍的用日語招呼著說：「歡迎光臨，都可以看看喔。」唉，原來他就只是個普通店員。但我真想問，那麼多客人為什麼就只有我看起來像外國人呢？不過，當我看到自己的一頭亂髮、脂粉未施的臉龐，牛仔褲加上一雙沾滿泥濘的雨鞋……也就無話可說了。只要是東京人都知道，青山、原宿、表參道是何等時髦的地方，從未有人敢蓬頭垢面的在這裡逛街。或許正因為我全身上下格格不入的疏離感，才讓他將我錯認為「異鄉人」的吧。

後來，我守在原宿 La Foret 購物中心的前面，觀察一下來往的人群。還真的沒有一個日本人像我一樣，穿著幾年前買的塑膠印花長靴。綿綿春雨中，街上的路人不是穿著不太防水的平底鞋、厚底皮靴，就是白布鞋。即使這些鞋子只要刮個風、下個雨就隨時報銷，但再怎麼說，也還是東京時下的流行。

在觀察完路人的腳下風光以後，我開始注意他們的交談。令我訝異的是，摩肩接踵的大街上大多是外國人，而且又以觀光客居多。例如金髮碧眼的背包客、英語流利的印度家族、從頭髮到指尖高調到不行的韓國情侶，或是戴著頭巾，將手擱在額前，透過玻璃偷窺冰淇淋店的穆斯林女性。

東京雖然因為東北大地震，外國觀光客的人數一度驟減。不過，隨著人潮的回籠，加上近幾年各種化簡為繁、多國語言的地圖、標誌與免稅招牌的設置，讓全世界的消費足跡遍布整個東京。當店家看到一位衣著樸實，面對商品不知所以的客人，就先入為主的認定是外國旅客，然後試圖用簡單英語聊上兩句，說起來也算是經驗法則吧。

❖

日本有一家素以肉質柔軟聞名，號稱「一雙筷子便能切肉於無形」的邁泉豬排店。近幾年來，他們家的青山分店越來越國際化。嗯，不對，或許是更早以前，只不過我未曾注意罷了。話說某個風平浪靜的白日，我因為得空便去那裡吃了頓午餐。

邁泉的青山分店原本是一間澡堂，改裝後的室內設計極具特色而且迷人。這家店除了地點獨特以外，更是時裝界或音樂界的朝聖之地。我猶然記得在泡沫經濟的巔峰時期，還是孩子的我每次與家人同來是何等的雀躍。我最喜歡觀察形形色色的人，例如拿著長型皮夾來吃午餐的時髦上班族、有著超模般筆直瘦腿的女子，或者將頭髮搞得像外星人的男人，都大快朵頤的吃著他們家的豬排定食。

與其他清一色提供豬排的店家相比，邁泉最大的特色在於菜色豐富，不過這也是讓客人頭痛的地方。例如，當天我本來想吃豬排飯，不知為何卻選了今日套餐。當天的菜色是鹽烤鯖魚、黑豬肉炸肉餅、高麗菜捲、涼拌洋蔥與昆布。欸，誰叫那兩個一口大小的和風高麗菜捲看似普通，風味卻是恰到好處。於是，我忍不住改變主意。

從吧檯的位置，我正好可以透過出菜小窗看見廚房內的動靜，盡情欣賞各種餐點或定食，俐落的一一被端出來。我耳中不斷傳出腰內、腰內、里肌、上等腰內、生魚套餐、豬排飯、上等里肌、腰內。看起來還是腰內肉最受歡迎。正當我這麼數著的時候，又有兩個腰內肉定食送往我右手邊的座位。接下來，一聲洪亮且生硬的日式英文突然響起：

「right side, spicy, left side, sweet. As you like!」（右邊是辣的調味醬，左邊是甜的調味醬，自己來，別客氣！）

我不禁看了一眼，一位只用三角巾緊緊包住秀髮，風韻猶存的大媽級服務生，正為一對男女說明桌上的醬料。

細看之下，那位女客應該是日本人，而坐我隔壁的男性甚少開口，是一位滿頭白髮的外籍人士。他們似乎是用法語交談。那位有著一頭捲髮、一襲洋裝的中年女性，像是某家外資企業的主管。今天應該是為了招待總公司來東京出差的同事，所以特地選擇公司附近的知名豬排店共進午餐。

這位滿頭白髮的男性穿著不入時而且皺巴巴的西裝。其實也說不上是老土，就是那種俗了點，衣櫃裡永遠只有十套衣服的法國人。這位歐吉桑渾身散發出強烈的保守氣息，像是在說：「如果你們以為每個法國人，都該穿得像去走巴黎時裝周的伸展臺，那就大錯特錯了！」他雖然沉默寡言，但整個人的感覺還不錯，就是看上去頗固執的樣子。

以電影明星來比喻的話，他還蠻有法國演員、電影製作人傑哈．德巴狄厄（Gérard

Xavier Marcel Depardieu）的味道，就是那種優雅中又有點粗曠的感覺。例如，看似用慣筷子的雙手，卻笨拙且極其粗魯的，將豬排外層的麵衣攪得稀巴爛。啊，對對對，就像有些人喜歡將法國麵包，直接放在白色桌巾布上掰著吃，然後吃得杯盤狼藉。基本上，外國人的個性開放又不拘小節。所以，不會像日本人習慣用指腹沾起桌上的麵包屑，然後輕輕放回盤子裡。我若無其事的舉起右臂，以免我那無辜的大腿，因為紛飛的麵衣而遭受無妄之災。

那位女客為了炒熱氣氛，殷勤的用法語（應該是）勸說：「除了辣醬汁以外，要不要試看看甜的？」、「一口高麗菜，一口豬排更好吃喔！」、「跟你們那裡的味道完全不同吧？」她伸長雙手不斷在男伴的餐盤上瞎忙。

不過，她的蕙質蘭心卻被這位龜毛歐吉桑小聲的連番拒絕：「喔，不，不用了。」隨後，女客指著一個送去其他餐桌的平盤，說：「瞧，這個可是世上最懂得發明，日本獨創的天下一品喔。」只見他冷冷撇了一眼女伴，再撇一眼餐盤默不作聲。他的眼神我至今記憶猶新。嗯，我敢保證，這輩子他再也不會碰豬排咖哩飯。

邁泉之所以迅速竄紅，或許該歸功於某些觀光指南的大力推薦吧。我看了店內一圈，發現十之八九都是初次造訪的外國觀光客。話說泡沫經濟期的時候，在這家店出入的，大多是製作人或導演等，擁有各種英語頭銜的演藝圈人士。雖然今非昔比，卻也有異曲同工之妙，因為現在耳中此起彼落的也盡是外語。正當我聽著右手邊的法語在說些什麼的時候，一位年輕服務生正畢恭畢敬的，用英語為我左手邊的客人介紹菜單。

「This Katsu is standard. This Katsu is more healthy. This using special pork. This menu change every day. Today，欸，那個，fish。Minced meat. cabbage roll。Not Katsuretsu. Minced, minced.」（這是普通的炸豬排。這個豬排比較不油膩，這個豬肉比較特別。這個呢，是今日套餐，每天都會變換菜色的喔。今天是，欸，那個，炸魚、炸肉餅跟高麗菜捲。不是炸豬排喔。是肉餅、肉餅。）

其實他大可不必如此大費周章，只要指一指我的盤子，不就知道今日套餐有些什麼了。不過，我倒喜歡他這種敬業的態度，而不是死背餐廳給的英語教條。

我左手邊坐著一對看似在英語圈長大的亞洲情侶。他們似乎看什麼都新鮮，不是拿起手機照一下茶杯，就是碰碰牙籤什麼的。

「欸，It's appetizer. Marinade japanese radish.」（欸，這是前菜，就是日本的醃漬白蘿蔔。）

我聽了以後不禁心頭一震，蛤，什麼定食有美味的前菜呢？探頭一看，才發現原來就是日本人每天吃的醬菜。我左手邊的客人聽完之後，當然「哇」的一聲，並且感動不已的拿起手機猛拍。不知為何，連帶著我桌上那盤靜默的醃漬蘿蔔，也散發出一種絕無僅有的存在感。

他們一副恨不得立馬品嚐的模樣，卻不知道如何是好。於是，看一看周遭以後，叫住服務生手足舞蹈的表示，隔壁桌的那個也給我來一盤。這個時候，那位風韻猶存的大媽英姿颯爽的上場，同時滿臉笑容的問：

「Yes, yes. You need knife and fork? or chupa chups? Are you chupa chups? ok?」（喔，好好。您是需要刀子和叉子？還是棒棒糖？您用棒棒糖ＯＫ嗎？）

咦……？只見方圓兩公尺內一片寂靜，這位大媽看著一臉狐疑的情侶，突然回過神，同時用異常開朗的聲音，自我解嘲的說：

「唉唷，不好意思，我是說chopstick（筷子）啦！我啊，總是說錯，哈哈哈！來來來，用這個！」

我看著這位遞出筷子的大媽，靈光一現的想，如果想將這一段拍成電影的話，拜託一定要找日本演員與料理家平野蕾咪（**按：日本大胃王比賽出身**）。我立即轉頭望向窗外，以免自己笑場，卻發現停車場上盡是遊覽車。一大群中國遊客正魚貫的跟著導遊的旗幟下車，而窗邊的長椅坐著一位排隊等候的單身女子，翻閱著我看不懂的觀光指南。只見她一頭黑髮、素顏，腳下一雙老舊的卡駱馳（Crocs）拖鞋。啊，是啊，那個下雨天，我之所以被誤以為外籍單身遊客，看來也是情有可原的。

有些日本人對於到處可見的外語招牌很有意見。另外，相較於主張將國文的上課時數，撥一些給英語的聲浪，另一派人卻不滿的以為入鄉隨俗，在日本就該說日文啊。不過，就我個人來說，在二〇二〇東京奧運以前，日本的老店若能配合國際市場，修正一些營運方針也值得鼓勵（**按：受新冠肺炎影響，日本宣布將東京奧運延期至二〇**

二一年七月舉行，但能否如期舉辦仍有諸多疑慮）。

這些異鄉人聽著用棒棒糖切炸豬排之類，以及一知半解的日式英文，在東京各處遊走的同時，也讓我們這些日本人重新感受這個城市的魅力。

紐約的無知，日本的博學

我這本書雖然自詡為舌尖享盡膏腴間，聽遍天下八卦事。其實，中間曾經空閒了兩年。雖然寫作有時會因為各種理由而喊停。不過，我卻是因為生活環境的劇變，搬去紐約居住的緣故。二〇一五年夏天，我來美國也兩年了。與日本相比，偷聽的對象與情景簡直是天差地別。因此，有好長一段時間我的「耳力」嚴重衰減，幸好後來已一點一滴的恢復。

我目前的住處，位於曼哈頓島中心位置的東村（east village）。對於民族大熔爐的紐約市而言，這個地方昔日素有「移民區」之稱，今日的種族色彩更勝往昔。例如，南邊鄰接小義大利與中國城，而從日本城的櫻花大道一拐，便是烏克蘭街與印度街。

就連曾經是黑幫雲集地的字母城（Alphabet City），各種時髦的異國餐廳與多國籍料理也到處可見。就好比世界地圖重新洗牌似的，各種餐飲街櫛比鱗次。

當我想吃雞胗的話，有喬治亞料理（Georgia）；想吃豬排的話，有維也納炸牛排（Wiener Schnitzel）；有點類似煎餃、波瀾酒吧必吃的餃子（pierogi）。如果突然懷念起幕之內便當[32]，還可以外帶一份墨西哥卷餅（tacos）解饞。除此之外，還有壽司店、蕎麥麵店或拉麵店等各式各樣的日式料理。於是，每當面對那些「美國不是牛排就是漢堡，你不會吃膩嗎？」的關心，我只能一笑置之。因為，我明明享受著與東京同等，甚至有過之而無不及，要什麼有什麼的外食生活。值得一提的是，阿根廷餐廳的牛排更是一絕。

紐約的物價比日本高，因此在外用餐的花費也就相對讓人頭痛，不過就質與量來說的話，只要花一點心思，其實也能像在東京一樣大啖美食。例如，一杯葡萄酒雖然價格高出日本兩倍，不過由於分量也是日本的兩倍，因此比起點雞尾酒或其他酒類，其CP值還是很高。傍晚的無限暢飲時段就更便宜了，但一定要在天還沒全黑前就得開喝。如果同座都是日本人的話，只要幾樣前菜足矣，連主菜都省了。接下來的甜點什麼的，任由服務生說得天花亂墜，你都要笑容可掬的說：「No, thank you!」然後，大夥再開拔去附近的冰淇淋店，另闢戰場還比較划算。

最重要的是，不隨周圍體型大隻的大胃王起舞，誠摯的與自己的胃交心，養成八分飽的習慣。聰明的與美國那種「上多少吃多少」的飲食文化保持距離，讓自己保持

---

32 江戶時期觀劇時所吃的便當名稱，現今多指綜合菜色的鐵路便當。

在「吃多少點多少」的輕食狀態。為了貫徹這個飲食方針，西班牙的小碟菜料理，也就是義大利麵店，便成為我經常走訪的去處。

❖

「Pata Negra」位於第一大道十二街的轉角處，是西班牙文「黑蹄」的意思。所謂黑蹄，就是取自眾所周知的頂級黑豬伊比利亞火腿（Jamón Ibérico）。這家餐廳的菜色其實還滿簡單的，除了生火腿與起司以外，就是幾種魚貝類、肉類與蔬菜的義大利麵。選項雖然不多，但每道菜都風味獨特，隨便點都好吃。

這家店不大，只有二十五個座位，而且不接受預約，早點來才有得吃。平日時段就靠兩位廚師與跑堂忙裡忙外。因為實在便宜，所以也很少聽到客人抱怨。這種小本生意讓我想起以前住在東京四谷荒木町，附近也全是這種小老百姓最愛的小店。

這家店有一位個子嬌小、性情開朗又美麗動人的招牌妹。她總是用濃厚的西班牙腔英語，周旋在客人之間，不停的推銷葡萄酒。有一次，我點了個生火腿，沒想她同時給我一個有橄欖油、鹽與熟番茄的小碟子。問她該怎麼吃，她雖然這個那個的說了一堆，不過由於口音實在太重，所以我還是有聽沒有懂。

當我也手足舞蹈的問：「妳的意思是，法國麵包塗上這個以後再放上生火腿，想怎麼吃就怎麼吃，對吧？」

「Yes, make your own. Pan con Tomate. 耶！」（是滴，請自己來，這是西班牙的番茄大蒜麵包喔，耶！）

說完以後她還舉起雙手，一副想和我擊掌的樣子。於是我便也「耶」的一聲拍回去。相較於日本的餐飲指南，只懂得教服務生畢恭畢敬的說：「請依個人的喜好，用這個配料沾著麵包享用。」卻沒想過客人不知如何下手的惶惶然。兩者差異之大，讓我不禁啞然。我遵照招牌妹的指示，不客氣的將番茄壓碎後，塗在麵包上。欸，真是好吃到不行。

有一次她問我：「妳們是日本人？妳知道嗎，我正在跟朋友學日文咧。妳聽聽啊，anata kawaii, watashi tomotachi, and kareshi inaii」（妳很可愛，我是妳的朋友，而且沒有男朋友）。我聽完以後，臉上盡是尷尬。我猜或許還有人教她，遇到日本男人，只要牢記這三句話，保證到處吃得開。這位可愛的招牌妹還推薦過一道，白豆搭配大條豬血腸的西班牙料理。後來，也成為我的必點菜單之一。可別小看這道菜，這麼一盤豬血腸下肚，保證你飽到什麼也吃不下。

❖

試想，我連跟服務生都只能靠英語單字溝通，更何況要在歐美人的地盤，豎起耳朵偷聽隔壁的八卦，那更是難上加難。那些肅靜的高級餐廳我雖然無緣踏進，不過大街上盡是活潑鬧騰的人群，以及連話都說不清楚的醉客。他們口中的英語全是教科書上前所未見、最真實的表現方式與獨特語法。當然，他們說的也不全是英語。因此，剛開始我光是搞懂是不是英語就花費不少時間。後來我雖然慢慢習慣，但終究不能像偷聽日文那樣的隨心所欲。

即便如此，在這些喧鬧中，還是會有一、兩個強烈的片語，猛然飛入耳裡。話說前些日子，我正在「黑蹄」享用我最愛的豬血腸。那位個子嬌小、沒有男朋友的招牌妹幫我們加完水以後，就去招待另一桌剛來的客人。當她問要喝些什麼的時候，客人回了一句：

「I know nothing about wine!!」（別問我，我對葡萄酒一竅不通！）

欸，還真是鏗鏘有聲。她的乾脆讓我忍不住抬頭一望。只見發話的女客是一位將秀髮染成白金色的美女。

凡是這家店的客人，沒有人不被這位沒有男朋友的招牌妹，那一身的拉丁氣質所吸引。不過，這位女客與她相比，卻是有過之而無不及。因為嗓門更大、性情更開朗，而且碎嘴與多話。

「葡萄酒什麼的，你就是問我，我也不懂。反正只要是不錯喝的，都給我拿來。不管是紅的、白的，還是什麼有的沒有的！Anything!」

說完以後還誇張的將身子向後一仰，睜大眼睛咕溜咕溜的轉。她那濃豔的眼影與鼻子，還挺像女神卡卡（Lady Gaga）。她對面的女伴則與她完全不同，是一位有一點年紀的嫻雅女性。點餐由這位年輕的金髮女郎包辦。兩人看起來不像母女，也不像約會，應該就是吃頓飯的關係。

話說回來，能夠這麼肆無忌憚，將自己的無知攤在眾人面前的，還真的不簡單。這番話如果擱在東京任何一家知名的西班牙酒館，那可是丟人丟到家了。因為即使沒有滿肚子的學問，大家也習慣裝作小有涉獵樣子，矯情的說：「嗯，我喜歡有 Dry 一點的口感（**按：指葡萄酒殘糖含量及酸澀感**）」、或者「你們這裡有辛香味的紅葡嗎？」只要餐廳的葡萄酒水準還不錯，似乎不這麼拐彎抹角的話，就無法表達對店家的敬意於萬一。

不過，為什麼我會如此耿耿於懷呢？我不禁回想，當自己說：「是啊，從口感較輕的黑皮諾[33]（Pinot Noir）先上吧！」的時候，到底是想對誰炫耀呢？

我想一定不是針對某人或餐廳的侍酒師，我想對抗的，應該是自以為優越的西洋文化吧。

❖

其實這也不難理解。那位脫口而出：「I know nothing about wine!」的卡卡小姐，因為是歐美人士，對於西洋文化本來就不需要那些無謂的虛張聲勢。這就好比外國友人問：「欸，小育（本書作者），妳平常都不穿和服的啊？」的時候，如果我老實回答：「不穿啊，因為我又不知道怎麼穿！而且我連一件和服也沒有！」的話，該多掃興啊。

不會就是不會，不懂就是不懂。我甚至覺得賣弄一知半解的知識，對於認真傳承固有文化的人而言，反而是極其失禮的行為。那些以為日本人一到假日，就該穿上和服在茶室來一個茶道會友，是一種美麗的誤會；相反的，認為小麥色肌膚、眼神灼熱，看起來像酒豪般的金髮美女，就一定對葡萄酒諸多挑剔，又何嘗不是另一種美麗的錯誤呢？

後面的桌位來了一對年輕情侶，他們看著牆上的海報，說：

「欸，這是地鐵的路線圖嗎？哪裡的啊？蛤，西班牙？西班牙也有地鐵？」、「好像是，你看，這裡寫著馬德里呢。雖然我不知道那是什麼地方。不過有這麼多地鐵的

33 世界上最貴的葡萄酒，為世界七大葡萄品種之一。

城市，一定跟紐約差不多吧？」

其實，只要去過馬德里就知道，那裡的馬路可寬敞了，根本不是曼哈頓所能及。不過，以紐約客的思維來說，全世界有什麼地方比得上紐約的地鐵呢？說到底就是一種民族的狂妄。

這個國家因為移民的紛紛湧入，讓各國的飲食文化在此開花結果。話雖如此，美國人也不會因此而想深入了解各國文化。事實上，美國人的護照持有率極低，跟日本一樣僅占整體的三成。或許是因為，這兩個國家的人民都無須遠渡重洋，就可以自給自足的緣故。因此，凡是與飲食相關的一切皆來者不拒，淺盤似的海納百川，例如紅豆麵包或壽司捲餅就是最佳案例。

那位沒有男朋友的招牌妹今晚也是百折不撓的，跟每位客人推薦：「吃過西班牙番茄麵包嗎？」對於那些聽到灌入豬血的豬大腸就退避三舍的客人，則賣力的說服：「這個超級好吃，是我的最愛！你要試試嗎？」即使客人不懂葡萄酒，也總是笑臉迎人，三杯、四杯的提供試飲。

雖說是試喝，那個分量可是日本的三倍。當她向著客人眨眨眼的時候，像是在說：即使你沒有去過馬德里，或者永遠沒有機會去，至少在這裡享用一頓道道地地的西班牙料理吧。

即使是同樣的無知，我寧願自己是開朗、謙虛與熱心探索的無知。我雖然在紐約住了兩年，卻對這個社區毫無所知。我期待未來自己能夠不恥下問，就算「雖然對於紐約一無所知」（I know nothing about NYC），不過放馬過來吧！繼續我那一知半解的「取材」之旅。

「不好意思，你可以幫我看一下包包嗎？」

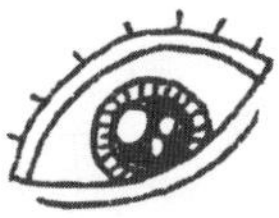

我來到美國已三個月了，自報名暑期班以來，到了秋天以後也逐漸習慣大學生活。有一天，我在「The City Bakery」（紐約麵包店），一位坐在隔壁的大姐突然跟我說：「我想去洗手間，可以幫我看一下包包嗎？」我來美國這麼久了，還沒人跟我這麼開口，所以我就喜孜孜的一口應答：「沒問題。」

「The City Bakery」是一家以瑪芬與特濃熱巧克力為賣點的人氣咖啡店，最近也在日本掀起一股風潮。這家咖啡廳因為離我就讀的大學不遠，而且又有免費 Wi-Fi，所以我不太去學生餐廳，反而喜歡在這裡待著。當天，我一如往常的打開 MacBook Pro，準備夜間部的作業。而隔壁這位大姐也像是在工作什麼的，一桌子的 iPad、資料與筆記本。試想啊，如此舒適的工作環境，怎能容許他人在自己的片刻離席中，趁虛而入呢？因此，左鄰右舍互相照看，確保座位的做法，便成為一種心不照宣的默契。這也是這座城市隨處可見，不同於江戶時代（**按：當時以治安良好聞名**），而是現代數位遊牧特有的江湖 Style。

其實，我來美國的這些時日，還從未受過如此重託。曾經遇過一位數位遊牧，右手邊坐著熱戀中的情侶與親子家庭，左手邊是對著電腦猛敲的我。即便如此，一遇到需要幫忙的時候，他想也不想就跟右手邊的客人開口。蛤？怎麼不找我呢？我和你不都是一個人嗎？跟我開口不是更方便？我真想跟他說，你就坐在我隔壁，我一早就注意到你那心神不寧的樣子，還想著沒多久就會向我開口呢！真沒想到竟然被你擺了一道。那種悔恨還真讓人心有不甘。

我一邊看著隔壁與他隔壁的客人，透過私人物品的「照看」情誼，微笑招呼的模樣，一邊反省自己與他比鄰而坐，卻沒被拜託的理由。我想一定是我來到美國以後，整天戰戰兢兢的，不管到哪都無法泰然自若。因此，周遭人也一定感受到我那種格格不入與不安的情緒。於是，這位數位游牧便想：「與其跟左手邊這位怪異的單身女郎開口，倒不如麻煩右手邊的情侶吧。」也就是說，我等於是被貼上生人勿近的標籤。唉，想想還真讓人沮喪。

所以，這是我來美國三個月以後，第一次有人開口要我幫忙看包。素昧平生的他人願將貴重物品交予我看管，這份信任與打從心底覺得這個傢伙應該靠譜的態度，讓我雀躍萬分。對我而言，這不僅僅是個人，而是整個城市釋出的善意，就像是在說：「嘿，歡迎加入紐約，以後互相關照喔。」

我喜悅得忍不住顫抖，同時心跳加速的接受了這項請託。不過，細看以後卻發現她將錢包與 iPad 放入編輯包（editors bag），拎著走去洗手間。留下的只有大衣、原子筆與筆記本。我心裡不禁五味雜陳，看來我的信賴度有待加強……。

❖

在大城市基本上是人人自危，也難得有左鄰右舍或鄉里等地緣上的守望相助。一遇到困難，大家通常會先花點小錢請業者解決，或者火眼金睛的找一個靠譜的對象，大膽的請求幫忙。這就好比同樣都是找到一份工作，鄉下人會透過人脈寫一封介紹信，而都市人則是在派對中單刀直入的毛遂自薦：「貴公司有缺人嗎？」。

以前我還是遊客的時候，曾經讚嘆紐約的有容乃大。因為這裡的人都很樂意幫忙看管陌生人的行李，而且還是公事包或手提電腦之類的貴重物品。有趣的是，他們表面上互不干涉，暗地裡卻相互觀察；一旦發現這個傢伙還算可以信任，便很容易接受對方的好意。

事情辦完以後，更會連番道謝的說：「欸，多虧你的幫忙！你好，我是麥克（假名）。你手上是什麼書啊？看著這麼入迷！」然後融洽的聊了起來。

我看過最厲害的例子，莫過於兩位年輕男子的交談。其中一位表達完謝意以後，兩人聊著聊著，開始交換名片。當他們知道彼此是某知名大學同門不同系的校友時，更是嗨到不行，當場互加臉書。其中一人還說：「我奶奶在上州（Upstate，紐約州北方市郊）有個別墅，找個時間來玩！」接下來，這兩位仁兄便打開谷歌的日曆敲定行程。不會吧？這是一家普通的咖啡店耶，可不是那種熟門熟戶的派對，怎麼能夠一眼斷定他人的善惡忠奸呢？況且若貿然拜訪，鄉下的老祖母也會嚇一大跳的吧。還是我漏聽了什麼，其實他們早就透過同志間的暗號，成為一對（純屬妄想）？當下我將耳朵張得跟小飛象一樣，依然無法置信。

當然，紐約客是不會對擦肩而過的陌生人卸下心房的。一般來說，他們對於不知底細的人，永遠抱持冷漠的態度。任何可疑人物都會被他們快刀斬亂麻，切割得一乾二淨。只有那些跟自己選擇同等消費的咖啡廳，肯花時間在咖啡廳耗著，以及穿著打扮、行為舉止跟自己相似的人，他們才能放心的開口搭訕。也就是說，在這樣重重把闕下，雙方竟然還是「同一間名門大學」的校友，當然也就更不會是一般的偶遇了。

❖

就在我習慣這個「看包包」的任務以後，有一天我在學校附近的「COFFEED」咖啡廳遇到一位拖著一大箱行李的亞洲女性。她用文謅謅的英式英語，禮貌的問我：「不好意思打擾了。我想離開幾分鐘，如果您能幫我看一下包包，那就太感謝了。」她的紫色行李箱橫放在地上，上面還擺著一個防水加工的波士頓包，一個人就獨占了四個人的座位。在吧檯接過卡布奇諾以後，她打開電腦，鬆了一大口氣，然後一副想起什麼事情的樣子。

當天我也坐在有插頭的吧檯位子，正在準備夜間部的作業。我爽快的說：「好啊，好啊。」我指一指收銀臺的服務生，再補了一句：「**Restroom? You need a key to access. Ask her.**（去洗手間？那得有鑰匙。諾，找她拿去）」這家咖啡廳因為沒有洗手間，所以要先跟服務生拿鑰匙，穿過大樓門口的安全門，才能借用辦公樓層一樓的

「不好意思，你可以幫我看一下包包嗎？」

洗手間。

她一臉不可置信的表情，放下正在充電的電腦，然後離開座位。看來我在外人眼中的信賴度已然提升。

話說回來，這位外表幹練的亞洲女性拿著鑰匙、如釋重負的回來以後，馬上對著電腦螢幕進入戰鬥模式。只見她打開資料快速瞄了一下，然後從一個名牌的套子拿出手機，將長髮撥到耳後，跟客戶聯絡。

「您好。我是山田（假名）。是啊，我才剛到達曼哈頓。」

蛤？日……日語？我想到她剛剛那一口英式英語，當下震驚不已。於是，立即用手撐住臉頰，偷瞄她一眼。我如果就這麼回頭望的話，就好像盯著她瞧似的，不僅沒有禮貌，而且她就知道我在偷聽了。

她說完從機場來這裡多麼塞車以後，接下來便說明開會的資料。在午後的這個時段，會拖著行李在街上晃的，應該是來紐約出差，但還沒去飯店辦理入住的吧。她一身花色豔麗的洋裝與搶眼飾品及眼妝，讓人幾乎分辨不出年齡。而且剛下飛機，腳上踩得還是一雙擦得晶亮的細跟高跟鞋。這般難以靠近的感覺加上一口流利的英語，我還以為是歐美土生土長的女強人。拜託，山田（假名）……妳也是日本人？早說啊。

我很想找她聊兩句，因為即使我們互不認識，至少也有照看行李的情誼。不過，既然我偷聽了她的談話，如果還開口去問東問西的話，未免太觸及隱私。這絕對不是都市人該有的行為。欸，這種拿捏正是現代人待人處事的困難所在。

❖

不過，彼此都是日本人卻後知後覺，反倒讓我覺得更丟臉。比方說，對著一位五官深邃的帥哥，拚命說著英文，他卻說：「我媽媽是日本人耶。」對著中國餐廳的服務生，賣弄中文的說：「謝謝」，卻換來對方一句：「謝謝光臨」的日語。又或者，旁若無人的高談闊論以後，才發現隔壁桌的客人跟他朋友，開始用日文交談。於是，心慌的想：「完了，完了。剛剛的黃色笑話全被聽光光了。」

在英語的環境中，我總是精神緊繃。相反的，用母語溝通的時候，難免因為比較放鬆，而卸下心防。但也正是這種一百八十度的轉變被人識破，才讓我如此坐立不安。

「不好意思，你可以幫我看一下包包嗎？」

其實，我也希望自己不論說何種語言，都能始終如一、表裡一致。

山田（假名）講完電話以後，刷的一下起身，然後從我身後走過。這個時候，我也隨手關掉日文版的推特畫面，假裝正在瀏覽英文新聞（欸，我應該是在做作業的啊）。我還頗訝異自己的身手竟然如此矯捷。再怎麼說，我自己覺得丟臉就夠了，何必傷及無辜。

對著素不相識的人用外語開口是如何的緊張，我最清楚不過。因此，就讓英語權充我與她的溝通工具，模仿數位遊牧那種青山綠水就此別過的瀟灑。就讓她誤以為我是一個不懂日語的亞洲學生，靜靜離去吧……。沒想到我的祈求竟然上達天聽，這位行李箱橫放在地上的山田（假名），終於昂首闊步，頭也不回的向摩天樓直奔而去。

民族大熔爐是世紀大八卦

我住的公寓就在紐約大學（New York University，簡稱 NYU）附近，那可是美國數一數二、學生人數最多的大學城。嚴格說起來，這座大學的校園是由分散各處的教室、宿舍與圖書館結合而成。因此，也可以說是「NYU學生城」。附近的店家不僅經常提供學生優惠，而且到處都是速食店，遊戲中心或卡拉OK就更不用說了。這些地方總是一大堆年輕人。不過，人多與人少也是依NYU的課表而異。例如，一到長假或寒暑假，整個大學城就像爐灶的火熄滅一樣，有著難得的片刻安寧。

某天，我就在學生最愛的珍珠奶茶連鎖店「功夫茶」，遇到一群學生怒喊：「We are all refugees!（我們都是難民）」他們共有四人，一位帶著眼鏡的中國人，兩位疑似印度人，另外一位長得像土耳其混血兒。這四位大男生清一色都穿紅色法蘭絨格子襯衫，只不過花色稍有不同。

俗諺云人不可貌相，不過他們就像漫畫中常見的，那種沒有女人緣的理工在室男。老土的法蘭絨襯衫裡，隱然可見的白色內衣，對照那些出手闊綽的花花公子，這種落差正是美國的可怕之處。

那位操著印度口音，喊著：「其實我們都是難民！」的男大生，腳下一雙破舊的黑色史密斯鞋，正用力跺腳洩憤。只見他嘆氣說：「即使研究所畢業了，只要簽證過期或是現在的美國總統一聲令下，將我們強制遣返的話，就什麼都玩完了。」其他三人點頭如搗蒜。

不過，他們怎麼看也不像因為戰爭或天災，被迫遠離家園的難民，我暫且將他們定義為有家歸不得的徬徨者吧。

❖

川普上任以來採取強硬移民禁令，已引發不少民眾抗議，因為很多人都認為美國本來就是個民族大熔爐。事實上，每一位美國公民，他們的祖先也都是這片土地棲身的外來者。因此，面對著那些前仆後繼、飄洋過海的外來者，不是應該更有同理心嗎？後來，社會上又相繼出現抗議政府的聲浪。而這四位男大生不過是順著這股風潮，表現得更加激烈罷了。

我猜他們幾個都是NYU的留學生。即使外國口音都相當濃重，因為同樣來自亞洲，所以一拍即合。他們原本盼望著學成以後，能夠在這個國家一展長才，無奈留學生拿的是學生簽證，只能專注於學業，並無法出外謀生。因此，只要他們不具備「移民」的身分，時間一到就得離境回家。即使畢業以後，可以拿工作許可證待在美國，但若想要永久居留，就必須取得其他型態的就業許可。換句話說，還得找到願意接受他們移民身分的公司。

他們之所以如此群情激憤，是因為如果工作不好找，即使擁有碩士頭銜，最後也只能回國當家裡蹲。所以，只要是留學生聚集在一起，大多會從這個話題開始聊起，最後再用「看來只能找美國女生談談戀愛，然後趕緊結婚，取得配偶簽證」當結尾。這四位法蘭絨襯衫的大男生也不例外，他們開始說起班上女生的八卦。其中一人說：「你們知道我們系上的達妮（假名）嗎？她跟美國人訂婚了呢！」某人說：「嘖，好羨慕哪。」另一個人則是不屑的說：「又不是真心相愛，不過就是精打細算的紙上婚姻罷了。」這些不想回國的留學生，每次說完研究論文、畢製主題或求職活動以後，最後一定是半開玩笑，又極其認真的聊起聯誼話題。

話說回來，美國沒有什麼女孩子就喜歡吃甜點的成見，大街小巷都看得到老大不小的男人，拿著一杯甜飲咕嚕咕嚕喝得津津有味。話說這四位大男生對於女性同胞，雖然動不動「嘖」的滿口毒舌，卻也人手一杯超級可愛的甜飲，或是加了粉圓、布丁與椰果的奶茶，或是草莓與藍莓的綠茶，或是熱量可抵一頓晚餐的芒果奶昔，始終喝個不停。

❖

前幾天，我在中國城一家「Aux Epices」的法式餐館，欣逢一群同樣來自亞洲的女子。這家店雖以法式餐館自稱，中餐或晚餐卻僅提供一般咖啡廳常見的簡餐。那天中午，我就是衝著他們的招牌菜——馬來西亞的喇沙麵（Laksa）而去的。我隔壁正好坐著四個女生，其中兩位看起來像上班族，另外兩位則是學生。

不論英語能力或年齡，雙方的程度似乎都有些微差距。只見其中一人訝異的說：「蛤？那個人都在這裡待十年了啊。真了不起。」我便想，喔，原來各位來美國不到十年啊。那兩位學生模樣的女生看起來才剛從學校畢業，所以應該是來跟學姊拜碼頭的吧。一位學妹懦懦的說：「其實，那家暑期實習公司並不是我的第一志願，我很擔心到最後會不會做白工……。」

這個時候，有人轉移話題：「對了，妳們還記得佳琳（假名）嗎？聽說她要跟美國人結婚了，而且早就拿到綠卡（美國永久居住權）了！最重要的是，對方非常有錢，在長島還有一棟房子呢！那個車庫聽說大到不行，滿滿的都是高級轎車！」

又來了，說沒兩句又開始聊起八卦。當其中一位膚色雪白，一頭及腰長髮簡單束在腦後、不施胭脂的年輕女孩，用異乎尋常的聲調說道。

另一位脖子掛著員工證，滿嘴塗的鮮紅，戴著一副塑框眼鏡的大姐，則是跳針似的直問：「Seriously?（真的假的？）」

就在此時，我發現送上來的海鮮喇沙竟然變成烏龍麵，於是也在心裡暗暗哀號：「吼，不會吧？」我點的喇沙應該是一大盤米做的麵食啊，怎麼會是在椰香湯底載浮載沉的烏龍麵呢。這跟我在家裡煮的加藤吉冷凍烏龍麵（按：一九五六年創業於香川縣的烏龍麵）又有何不同？

其實，烏龍麵在紐約挺受歡迎，並不會多難吃。只不過身為日本人的我，竟然在意想不到的地方，被逼著與祖國的道地風味對峙，不免讓原先期待異國風味的心情，產生一種得不償失的遺憾。

「說實在的啊，之前她還說，我們其實住得不遠，同樣都是在法拉盛（Flushing，紐約皇后區），而且住家格局也差不多。那時，我就想經濟狀況應該差不多吧。沒想到都是誆我的！有一天啊，她邀我週末去她家玩。嘿，妳們知道嗎？車子竟然咻的開到長島耶！欸，真的是好羨慕哦！」

可不是嗎？從飲茶激戰區的中華城法拉盛，一下子變成有錢人聚集的高級住宅區，當然會眼紅啦。接下來，她們開始說起富豪的行情。例如：「我沒什麼打扮就這麼去了，妳們都不知道有多丟臉！」、「她們家到底多有錢啊？」、「應該上億吧？」、「不只上億吧？」、「欸，妳們知道，那些高級轎車一臺要多少錢嗎？」

在我吃完午餐、結完帳以後，這些女生還絮絮不停的討論著，那位看似與自己並無兩樣，其實卻是雲泥之別，堪稱人生勝利組的佳琳（假名）同學。

如果閒聊的話題涉及不在場的當事人，歐美人大多會選擇轉移話題，因為他們對道人是非常敏感。那些在美國土生土長的孩子也不例外。即使有著亞洲面孔、大剌剌的個性，但他們對於旁人的隱私卻絲毫不感興趣。不過話說回來，天涯海角總是不乏八卦專業戶，而且七彎八拐以後，大家最後還是會將話題拉回自己身上。

我以前在當地獄耳的時候，總覺得亞洲就是八卦的大本營。當然，這種直覺沒有經過嚴密的統計與數據佐證。不過，當我看到一些人為了打發時間，漫不經心且天南地北的聊著他人隱私的樣子，竟然有一種難以言喻的念舊情懷。

不可思議的是，即使語言不通，卻不難從他們訕笑的表情，得知某位不在場人士正成為取樂的對象。這讓我不禁感嘆：「天涯若比鄰啊，這些人跟日本時下的年輕人也沒什麼兩樣啊。」

雖然他們從頭到尾沒有口出惡言，可是**一旦將他人隱私放在砧板上，那麼在座的所有人都是一種共犯關係**。透過彼此的嫉妒、羨慕與稍帶惡意的嘲弄，和分食而來美味的八卦，將身體內的罪惡感排得一乾二淨。

老實說，與其聽那些老王賣瓜，我更想聽一聽那些與自己無關，路人甲的閒話。在這些絮絮不停的閒談中，竟讓身為日本人的我有一種回到家鄉的感覺。

❖

回到功夫茶飲料店的話題吧。就在我啜飲著必點的少冰、少糖，外加仙草的烏龍奶茶時，店內正播放著南方之星膾炙人口的〈真夏的果實〉。我上網查了一下才知道，二〇〇八年改編的中文版雖然樂曲相同，卻是由男女來對唱。那位戴著黑框眼鏡，身穿法藍絨襯衫的中國男孩，不禁隨著副歌開始哼唱，同時說：「好久沒聽到這首歌了。對了，你們知道英文歌名嗎？」

那位土耳其人男生回說，蛤？沒聽過。另外兩個印度男生，也側頭表示沒印象。有人接著說：「這首歌還蠻好聽的耶，我雖然沒聽過，不過應該是亞洲的流行歌曲吧！」

那位中國男孩接著說：「蛤？怎麼可能。這首歌雖然是中國人翻唱，可是原唱其實是西洋歌曲啊，而且還上過美國告示牌單曲榜呢。就是那首啊，唉，我怎麼就想不起來了呢。你們真的沒聽過嗎？只要是美國人就一定會唱的啊！」

錯錯錯，至少主唱的桑田佳祐自己就不知道……一旁的我幾乎聽不下去，不過為了避免自己從頭聽到尾的行為穿幫，只好隱忍下來。即使我想主動示好，但像他們這種完美的共犯關係，後來者是很難參一腳的。基於天涯若比鄰的亞洲情誼，我真想悄悄提醒一聲，這首歌爆紅的地方不是美國，而是整個亞洲啊。

葷與素，禁忌與包容

我有一些來自加州的女生朋友，都是正統的素食主義者。她們除了不吃魚或肉以外，連雞蛋跟乳製品也一概不碰。不過，當她們餓到昏頭轉向時，也會仰天長嘯：「I wanna eat meat!（天啊，好想吃肉喔）」但這個時候，她們會立即澄清：「喔，我說的是『那個』肉啦……。」所謂那個肉，指的是一些「吃得飽」的食物，例如一大盤炸豆腐的泰式炒河粉（Pad See Eew）、以大豆可樂餅取代漢堡肉的素食漢堡等。乍聽之下，似乎有點類似日本「精進料理」（按：只能進食非肉類的料理）。坦白說，這些純素料理雖然缺魚少肉，卻一點也不清淡，絕對可以吃飽吃滿。

對於奉行蔬菜主義的她們來說，紐約還算是友善的城市。餐廳幾乎都有提供蔬菜料理，有些店家還會貼心配合客人的要求，去肉或去蛋之類的。除此之外，植物性食材的甜點、有機蔬菜脆片或者冷壓果汁等，也都像在日本超商買零食一樣方便。

不少餐廳還針對伊斯蘭教的清真（halal）、猶太教的潔食（Kosher），或者印度教不殺生的戒律等，因為各種宗教理由，而有飲食禁忌的客人，提供不同的餐飲服務。前幾天，一位認識不久的穆斯林女孩跟我說：「I don't eat meat.」（我是不吃肉的。）

我問：「豬肉以外的也不吃？」

她回說：「剛開始是因為信仰的關係，後來為了健康，就連肉都不吃了。不過，海鮮還是吃的，只有魷魚跟章魚不吃。因為吃起來蠻噁心的，妳不覺得嗎？」

確實如此，如果天天像美國人一樣，盡吃一些超大分量、高油高脂的肉類，對身體絕對是百害而無一利。所以，我白天常去沙拉專賣店，藉此控制一天的攝取熱量。話說回來，我吃海鮮沙拉的時候，之所以能夠手指靈巧的挑出魷魚不吃，並不是為了健康，而是挑食的緣故。

當時前菜剛好上桌，戴著伊斯蘭頭巾的她，手一伸便向肉包（pork bun），幸好我立即出聲阻止。她哈哈大笑：「蛤？這個是豬肉？好險！這道拼盤也擺得太漂亮了，完全看不出來。」欸，小姐是妳太大意了吧……。我有一位日本友人，是因為過敏而吃素，反而比她還忌口呢！由此可知，不管是因「信仰教條」或「自我意識」而克制飲食的人，實際執行起來都不容易。

❖

話說某個週末午後，我與朋友在東村的「Upstate」餐廳排隊。前面剛好是四名時下流行的俊男美女。身材高䠷，一身類似 Uniqlo 素色便裝打扮，不仔細瞧還看不出是高檔貨，也就是歐美流行的性冷淡風（normal and hardcore，源於北歐極簡主義美學，以簡單低調的配色為主）。輪到他們的時候，其中一位美女突然問帶位的服務生：「你們有素食嗎？」

Upstate 雖然店面不大，在這個地區也算小有名氣。即使平日也要排上兩個小時才吃得到。所有客人都是衝著生蠔、檸汁醃魚生（ceviche）、蟹肉餅（crab cake），或是蛤蜊義大利寬麵（fettuccine）等新鮮食材而來的。因為物美又價廉，連那些長年住在 NY，對壽司挑剔到不行的日本人也無話可說。

是的，這些素食主義者雖然奉行非植物性食物不吃的信條，不過當天卻大駕光臨這麼一家以海鮮聞名的餐廳。勉強用日本來比喻的話，就好比去一家掛著築地招牌的餐廳，卻不識時務的問老闆：「喂，你們除了魚以外，還有什麼？」或者去雞肉串燒店，一進門就跟服務生說：「四份主廚串燒，其中一份不要雞肉。」

蛤？是在玩真心話大冒險嗎？

那位年輕服務生，即使應付慣了從早到晚川流不息的客人，也有些慌張失措。他指著菜單說：「只有……蔬菜嗎？嗯，我們應該沒有耶……。如果單點馬鈴薯的話……。」他雖然口氣上不算失禮，不過臉上卻明明白白寫著：「滾！」

令人訝異的是，這位美女竟然一副沒事的說：「好啊，就點這個。」然後欣然入座。不是吧，她當真想在這家人氣鼎沸的海鮮餐廳，吃個馬鈴薯就回去？紐約多的是那種有肉食又可單點蔬菜的餐廳，四個人大可高高興興的大吃特吃啊？

不過，我之所以如此瞎操心，或許是因為從小習慣分食的緣故。這裡不像日本，一盤菜大家會夾著吃，他們都是各自選擇自己想吃的菜，同時謹守分際，專注於自己的餐盤。日本人那種「欸，給我吃一口」，或者「來，交換一下吧」的飲食習慣，大概會讓他們瞠目結舌吧。其實，每個地方都有各自的飲食文化，而這裡流行的是井水不犯河水的個人主義。因此，去到一家海鮮餐廳，就算你單點馬鈴薯，也不會有人跳出來囉嗦。換言之，就是「None of your businesss.」（干你屁事）的霸氣。

我突然想起從前還在東京的時候，有一次朋友邀約說：「走，吃飯去。」然後帶我去一家壽司店。我當時還納悶，他不是吃素嗎？結果，他卻說：「不用管我，我不吃魚，完全是因為個人因素。諾，想吃什麼盡量點。」

當下我雖然歪著腦袋並感到不解：「不是這個問題吧……。」但那天吃的蝦蛄之鮮美卻至今難忘。不過，換個角度想，壽司店的壽司是師傅一個一個捏出來的，又不可能分著吃。換句話說，他還真是選對地方了，因為吃素的可以跟吃葷的說：「這一攤我請，想吃什麼別客氣。」

這個時候，如果探頭探腦的看隔壁都點些什麼壽司，然後自以為是的說：「來壽司店卻只點小黃瓜？這人根本來亂的吧！」那就真的干你屁事了。嚴格來說，這是一種**傲慢的排他性與歧視**。因為吃什麼或不吃什麼，完全單憑當事人的喜好。吃素的人雖然不碰葷腥，為何不能邀請摯友，同去時下火紅的餐廳共享美食？因為這是**他們個人的「自由」，不是你我有權力剝奪的**。

✣

素食者大多會說：「吃素是我自己的事。不管你是吃魚還是吃肉，都與我無關。」

而我們這些肉食者，當然也不會在意他們杜絕魚或肉的行為。然而，世上卻不乏一些素食主義者喜歡撈過界。

某個冬夜，我在「Sweets by CHILOE.」喝茶，這是一家專做素食甜點的咖啡廳。當時店裡坐無虛席，一位有一點年紀，戴著一副厚重眼鏡，外表嚴厲且貌似老師的女性走了進來。只見她拉高聲量，一個人大聲嚷嚷，然後又砰的一聲摔門而去。她是這麼說的：「妳們這些人竟然敢穿著動物的皮毛來素食餐廳！到底丟不丟臉啊！」

那天晚上還挺冷的，店內有一群穿著加拿大鵝（Canada Goose）的女孩子。這家品牌的羽絨衣相當受到年輕學子的歡迎，甚至被稱為「大學生的冬天制服」，因為只要一件就可以撐到春天。不過，從保護動物的觀點而言，該品牌帽沿鑲邊的郊狼（The coyote）皮毛飽受動保團體的批評。因此，大街小巷都可以看到這家品牌的標籤被畫上血紅色大叉叉的拒買海報。

事實上，從來沒有人敢一身皮毛在紐約街頭閒逛，如果不怕被石頭砸死的話。因真皮草的殘忍製程，不僅為人所詬病，更被視作虐待動物，因此現在市面上幾乎很難看到毛皮大衣。但是，這些廠商仍標榜可追溯系統（Traceability，從生皮和皮毛的來源，以證實其來源為合法），遲遲不肯撤下皮草的招牌。於是，業績翻紅的加拿大鵝，當然就成為眾矢之的。

這位女士一頓飆罵後，便甩門走人，因此我並不清楚所謂何來。我猜這位大姐應該是素食主義者。試想，她連餐飲都不忍殺生了，更何況是皮草。我相信翻遍她全身也找不到一件皮革製品，只不過當她路過這麼一家標榜素食又時髦的新餐廳，卻目睹那些穿著動物身上剝削下來的皮毛，享用甜點的年輕人，便按捺不住心中怒火的大罵：「妳們這群沒腦的人，憑什麼穿皮草又跟流行吃素食！」老實說，她的心情也不難理解。

❖

我真想安慰這位大姐，時至現今素食不單單是一種理念，更是一種流行。若非如此，世上就不會有這麼多餐廳，願意前仆後繼的提供素食料理了。

那些以流行為圭臬、視肥胖為大敵，同時注重養生的紐約客，為了滿足美容抗老，又或是想在 Instagram 上炫耀，經常以個人的一己私慾，藉此消費輕食生活。於是，義式冰淇淋（gelato）用的是杏仁奶、甜點只選和風抹茶，或者偏愛一杯十幾塊美元，植物性蛋白質的蔬果汁。

我說這位大姐啊，你的發飆當然也並非全無道理。不過呢，我既然能夠咬緊牙根，忍耐某些素食者去「Upstate」只吃馬鈴薯的行為，那妳是不是應該對那些穿著加拿大鵝外套，在「Sweets by CHLOE.」吃完奇亞籽布丁就回去的小女生，網開一面呢？她們終有一日會為今日的年輕氣盛而羞愧，反思所謂的公民與道德。在此之前，難道就不能和平共處？

反過來說，像妳這樣動不動就扮演正義使者，世界可是會引爆宗教戰爭的啊。在這花花三千世界，管他吃葷吃素、猶太教或者伊斯蘭教，誰規定不可以一起去時下流行的餐廳各吃各的？世上有什麼比活得健康快樂更重要的事情嗎？

我一邊戰戰兢兢吃著酥皮點心，一邊自言自語。欸，原諒我啊，大姐。我來「Sweets by CHLOE.」前，才剛吃了韃靼羊肉呢。

與網紅共進晚餐

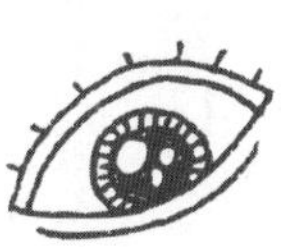

有一天，我與朋友在蘇活區（Soho）一家專賣麵包的法式咖啡廳「maman」喝茶。一位身材豐腴的白人女性上前說：「不好意思，可以讓一下座嗎？一下下，一下下就好。」只見她左手拿著冰紅茶，右手拿著智慧型手機，兩手交互上下擺動，同時給我們一個心照不宣的天真笑容。她說：「馬上好，馬上就好。我就知道還是妳們這個角度拍起來最漂亮。」然後，她放下紅茶，拿著手機遠拍、近拍了好幾張，才高高興興的道謝，並轉身離去。

這家店自從二〇一四年開幕以來，便是紐約十大咖啡廳的榜上常客。除了美味的咖啡與甜點以外，造型可愛的紙杯、南法鄉村風格的店內裝潢也讓消費者趨之若鶩。

除此之外，最常看到的莫過於「Instagram worthy」，或「Instagrammable」這類上傳ＩＧ的讚美。在這個網路當道的時代，凡是立足於大都會的餐飲店，很難不跟上這股潮流。事實上，Snapchart（按：分享應用軟體，經常會被用來向朋友發送自拍照）已不是高中女生的專利，那些攜家帶眷的大叔大嬸，除了對美食挑剔以外，更在意如何捕捉精彩的瞬間。餐廳、座位，甚至餐盤擺設，都是經過他們精挑細選的。

看著這位為了拍個冰紅茶，像孩子般活蹦亂跳的中年女性，我不禁嘴角泛笑。其實，我如果遇到好吃到不行的美食，或者格調不錯的餐廳，也會不免俗地上傳到SNS當作紀念。即使當下覺得難為情，也會將自己當作擺設大師，盡可能將照片拍得美輪美奐。可惜的是，術業有專攻，常常事與願違。

❖

二〇一七年春天，湯普金斯廣場公園（Tompkins Square Park）附近開了一家「Out East」的餐廳。紐約東村的治安曾經一度惡名昭彰，在勵精圖治後竟然也有一番時髦景象。而這家遠近馳名，坐落於東村以東的餐廳，正是時代變遷的見證。這家店一開幕，我就立馬殺了過去，一吃便成癮。簇新的裝潢、親切的服務與美味的菜色，讓我們享受難得的美食時光。嗯，在隔壁的客人來以前。

這家餐廳的後方是一大片玻璃帷幕，一樓的座席特地做得比較低，以營造開放式的挑高空間。而二樓的細長型空間，則是放置一整排雙人沙發。當天，沙發最裡面坐著一對來慶祝的男女，只聽見服務生口中說著：「生日快樂！」而我們附近還坐著兩位疑似同志的中年大叔，以及三位穿著西裝，正在用 iPad 洽商的上班族。

倒數第二個沙發座位，也就是我左手邊唯一剩下的空位，來了一對年輕男女。男方留著一頭金色短髮，修長的身材套件清爽的白色襯衫，一副運動型男的模樣。女方則是嬌小豐腴，一頭長髮側垂於胸前，雖然稱不上絕代風華，不過打扮倒也有點名媛風。只可惜她後來與服務生的對話，讓方圓半徑為之凍結。

「喂，我預約的時候說了那麼多，還以為你都聽清楚了呢，我們要的是適合拍照的料理。不管是酒、主菜或者甜點，一切一切都要最漂亮，聽懂了嗎？」

齁，小姐，妳以為妳是誰啊。

沙發座的整排客人本來各自聊著天，或忙著手中的刀叉，此時不約而同停下動作，店內瞬間一片寂靜。每次遇到這種時候，我總忍不住竊竊自喜。因為原來喜歡一邊吃飯，一邊偷窺隔壁動靜，或豎耳偷聽的，並非只有我。大家雖然不發一語，竭力裝平常心，不過臉上卻明白寫著，「靠北！奧客來了。」

❖

接下來，服務生只能全心全力應付這桌難纏的客人。我們雖然就坐在隔壁，卻像是被遺忘似的，沒人來服務或加個水。而那桌洽商的上班族，手上拿著信用卡等結帳，怎樣都等不到帳單。店裡的客人滿肚子火，這位女士卻毫無自覺。

「本餐廳的招牌菜是龍蝦與帆立貝。龍蝦處理過了，特別適合兩人一起享用。帆立貝則搭配主廚特製的醬汁……。」

「不是，我是問那一個拍起來比較漂亮？」

「……嗯，那帶殼龍蝦的拼盤，如何呢？」

「好吧，那就這個。我的酒呢？怎麼還沒來？欸，我不是說顏色要完全不同，而且有裝飾的雞尾酒，長飲、短飲各來一杯嗎？」

剛開始，我還以為是哪家媒體的攝影小組事先來踩點。為了掌控拍攝進度，才對服務生如此頤指氣使，說到底也是工作所需。

不過，事情似乎並不是這麼一回事。二十六歲的女生正找工作，準備轉換跑道；而二十七歲的男生是普通上班族。女生說：「我啊，只要在外面吃飯就是這樣。」男生說：「很好啊。」從他們的談話看來，彼此似乎還不熟，就是約個會的關係。所以既不是採訪，也不是談生意。

雞尾酒送來了。只見她挽起秀髮，整個人進入戰鬥狀態。然後，從皮包取出環形與心型的自拍補光燈。就是那種掛在手機上頭，不輸專業的打光手法。這位小姐折騰完了以後，接下來應該乾杯暢飲了吧。沒想到她卻立馬拿起酒杯，往挑空的樓梯走去，將雞尾酒在扶手上擺過來擺過去，喀嚓喀嚓的拍個不停。

當她彎著腰，拍得不亦樂乎的同時，那些兩手端著好幾個餐盤，忙著上菜的服務生也因此進也不是，退也不是。扶手下方的一樓滿滿全是客席，酒杯只要一不小心掉了下去，肯定會砸傷人的。當她好不容易收起酒杯的時候，沙發區的客人全部鬆了一口氣。

不過，好戲還在後頭。只見她叫住服務生：「喂，對面那個半圓形的沙發，今天晚上有人包了嗎？幾點？喔，他們又還沒來，我拍個照片也沒差吧？來，幫我帶個位。」她的男伴竟然也貼心的起身說：「寶貝，我幫妳拿酒杯。」

於是，這麼一小條通道又擠得水洩不通。這個原本名花有主、豪華的八人餐桌便莫名其妙的，飽受補光燈此起彼落的摧殘。

此時，窩在沙發區後方，本來打算開一瓶白葡萄酒，慶祝彼此戀愛的情侶。那位一襲露肩洋裝的優雅女性與品味不凡、溫文儒雅的男性，剛剛還沉浸在幸福氛圍。此刻，卻面無表情的起身而立。我猜應該是忍無可忍了吧。服務生不斷的道歉又道歉，幫他們準備一個更寬敞的座位，同時眼明手快的將餐盤與冰桶也給移了過來。我不禁想，結帳的時候不是會給一些折扣嗎？不如就送一大盤甜點吧。

這位錯過好戲的女生，回到座位以後，竟然忿忿不平的說：「齁，我知道了啦！這個雙人座位還是太近了！這個絕對沒拍好，而且對隔壁的客人太不禮貌了。」換句話說，千錯萬錯都不是她的錯，有問題的是這家餐廳的格局設計。對於自己周遭空無一人的景象，反而笑笑的說：「太棒了，我就是需要這麼大的空間才能拍個痛快。不錯，不錯，服務生還挺上道的！」

我等了又等的薄荷義大利寬麵終於上桌，雖然好吃到不行，可惜我已食不知味。因為當我目睹隔桌的女生，連那一大盤龍蝦都不肯放過，放在樓梯欄杆上拍個不停。敷衍的吃一兩口冷掉的料理，又急忙進入作戰模式的模樣，就不免心生厭惡。

❖

如果能夠破口痛罵：「我長這麼大，還沒看過這麼沒有常識的女人！」該有多大快人心啊。可惜的是，她雖然窮凶惡極，卻也不是唯一的一個。例如深夜的西麻布，那些捧著昂貴肉類拼盤，頭歪一邊、用力睜大眼睛並且仰角自拍的女孩；在壽司或天婦羅老店，不客氣的鑽進吧檯後面，跟師傅搶著合照的大叔；拿起紙巾沾著杯子的冰水，將桌面擦得一乾二淨，裝好近攝鏡頭，等待蓋飯上桌的拉麵狂；不管去法式高級餐廳或大眾居酒屋，總是穿著同一套洋裝，並且習慣來張合照的美魔女……。其實，日本也不遑多讓。總是有那麼一群人專注於拍照，連帶著讓其他客人覺得食不知味。

當這位女生又對著欄杆，拍攝她的第三道菜，與第二杯雞尾酒的時候，她的男伴來跟我們致歉了。

「你們要結帳了嗎？真的是很不好意思，坐在我們隔壁，你們都不能好好享用美食吧？」

我們也客套的回說：「欸，沒關係。嗯，妳朋友是哪一位名媛嗎？美食評論家？

還是網紅呢？」

「嘿，你猜對了。她常在OpenTable（網上訂位平臺）上發表文章喔！」

唉唷，我還以為是更有名的網紅或部落客。原來不過是在一般的訂位網站，寫一寫感想的路人甲。我雖然難掩內心的失望，但他的臉上卻散發出驕傲的光芒。他興奮的介紹，她可是非常有影響力，寫的評論不僅榮登過排行榜前幾名，偶而寫幾篇美食報導，也有不少額外收入。瞧，厲害吧。看起來他被這個剛剛認識的女生耍得團團轉。他瞄到我包包裡的無反相機（mirrorless，無反光鏡的相機，又稱為單相機），然後說：

「欸，妳的相機挺高級的嘛。性能比手機好很多吧。」

「喔，我就是閒來無聊拍兩張。」

「Oh...You should also make money with it!（不會吧……這可是非常棒的生財工具啊！）」

他想說的是，妳只要稍微勇敢一點，多下一點功夫，加上滿腔熱情，就能像我的女伴一樣，靠著美美的照片與文章換取金錢，在網路上闖出一片天。這位二十七歲的年輕人，用他那清澈的雙眼為我加油打氣。我回他一句：「I hope so.（希望如此）」

便與友人步出餐廳。

雖然我不清楚這位女生到底有什麼呼風喚雨的能力。不過，我還當真可以靠著勇氣、努力加上熱情，將我的「食不知味」訴諸於文字，換取溫飽的食糧。就某種意義而言，我其實也是一丘之貉。

不過，老兄你呢，我也不毒舌了。總而言之，趁早分手吧。因為她與你是完全不同的類型，從頭到尾就沒看過旁人一眼。可以讓我耐住性子，勉強「敷衍」的不過是「maman」那個很會裝熟的大媽罷了。

話說回來，這家 Out East 還挺不錯的，卻撐不到一年就關門大吉了。我雖然不清楚前因後果，不過大抵也能想像，便忍不住雞婆的為它扼腕。

小老太哪兒去了？

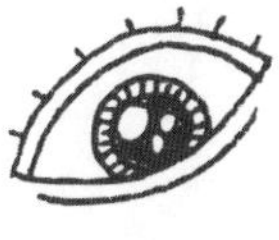

我剛搬來紐約時，常去住家附近的「Le Philosophe」用餐。這是一間頗高級的法式餐廳，就在鮑威利街（Bowery）與龐德街（Bond）的交叉口。最讓我念念不忘的是，他們家的橙汁鴨肉與高麗菜芽，簡直是人間美味。因為鄰近高級住宅區，那些住在第五大道公寓，或者格林威治村（Greenwich Village）獨棟住宅的老夫妻，三不五時的信步來訪。

不管什麼時候去，我總是會碰到外型類似的白人老夫婦。例如我後面的老太太，身材嬌小、滿頭白髮，打扮的整整齊齊，卻一副悶悶不樂的樣子。上半身戴著一副華麗大耳環與一條絲巾，下半身卻是簡單的牛仔褲與球鞋；看起來應該還在工作崗位上拚搏。她對面坐著一位身材高大、文靜的老先生，筆挺的襯衫，與盛夏也不離身的皮革背心，搭配一條寬鬆長褲。像極那種已經不用去公司報到，但衣服沒有領子就渾身不自在的退休人士。

老太太叫住服務生點了幾樣菜，然後嘮叨的說，「酒單為什麼沒有上次的葡萄酒？」、「我要胡椒粉跟起司。」或者「今天的肉怎麼烤得這麼鹹？」她越說臉色越是難看。相對於老太太的尖酸刻薄、想說什麼就說什麼的快意，那位不太開口的老先生，就像日本聊齋誌異的妖怪塗壁（按：出現在深夜的道路上，以巨大且無形的牆壁攔住行人去路），以一己肉身擋在老太太與服務生之間，避免擦槍走火。我想這一定是這對老夫妻鶼鰈情深的相處之道吧。

當我緊盯著我身旁的夫妻檔猛瞧的時候，才發現餐廳裡不乏幾組類似的老夫婦。遺憾的是，我一步出餐廳，竟然分不清楚誰是誰，他們的面貌對我來說全是一個模樣。針對這些習慣雞蛋裡挑骨頭，讓服務生戰戰兢兢，讓其他客人望之卻步，極其難搞的銀髮族。我跟老公給他們取了一個「格老頭與包老太」的暱稱（因居住區而命名）。

各位切莫誤會，我並非不懂得敬老尊賢的狂妄之輩。之所以會這麼稱呼，是專為那些死也不改習性的老人家所取的綽號，以免傷及無辜。再說，如果整天拘泥於敬老尊賢的道德規範，早晚會讓自己烏煙瘴氣。因此，我才用「小老太」這個名詞畫出一個結界，防範負面情緒的一發不可收拾，並當作閒聊般一笑視之，斬斷任何不快的骨牌效應。相反的，「小老太」反而是對於那些長期與這些危險人物對抗，發揮緩衝功能，將傷害降到最低族群的最高敬意。

喔，當然也會有相反的案例。

❖

二〇一六年初，Le Philosophe 結束營業以後，由一家泰式餐廳「Fish Cheeks」頂替。掛滿燈泡的竹燈籠、白色的牆壁與紅藍黃相間的餐椅，塑造出五彩繽紛的可愛氛圍。相較於先前餐廳喜歡用廢材做成的長椅，加上黃銅裝飾的閃亮風格，完全是南轅北轍。最重要的是，客層整個年輕起來。話說，這家新開的餐廳好不容易改頭換面，卻仍擋不住那些老顧客上門光顧。

這一對上了年紀的白人夫婦就像一個模子印出來似的，跟其他我之前看過的老先生老太太沒什麼兩樣。穿著襯衫的老先生，同樣的高大而且溫和儒雅；一頭妹妹頭的捲翹白髮、一副施華洛世奇（SWAROVSKI）水鑽的狐狸頭大陽眼鏡、一件牛仔褲與一雙球鞋的老太太……。啊，這不是格老頭與包老太嗎？或許是我眼花了，不過還長得真像。就在此時，服務生送上兩杯粉紅葡萄酒。

「你們怎麼搞的，我們叫的可是一整瓶哪！」

「是嗎？夫人，真是抱歉。我現在馬上確認。」

「等等，這麼厚的酒杯是怎麼一回事？誰喝粉紅酒（Vin rosé，桃紅葡萄酒）會用這麼土的玻璃杯？給我換薄一點，冰鎮過的，而且是一整瓶。去！」

事隔一年，沒想到我竟然有幸在同一地點，重溫滔滔不絕的尖酸刻薄。看起來這些小老太玉體康泰。此時，一位看似勤於鍛鍊，有著漂亮胸肌的亞裔服務生，在擁擠的店裡彎下魁梧的身軀，展現一百二十萬分的歉意。只見他誠惶誠恐的貼近道歉，不料這個動作又誤觸這位小老太的地雷。

「幹嘛，我還沒老到重聽！」

她的身上似乎有一個地雷，只要誤觸開關，抱怨就會像機關槍般四處掃射。明明最受尊敬，卻看什麼都不順眼。跟那些整天躺在床上、無理取鬧的嬰兒並無兩樣。

那兩杯粉紅酒撤下以後，應該默默的倒入吧檯的流理檯吧。我壓低聲音說：「幹嘛不說這兩杯免費，敬請笑納呢。」我老公奧托也壓低聲音回答：「妳想啊，那個酒杯不就是不入她老人家的法眼，這樣做豈不是自討苦吃？」當冰鎮過的酒杯與一整瓶葡萄酒送上桌以後，小老太又蠢蠢欲動了。說時遲那時快，那位健美先生先發制人的說：「夫人，酒桶隨後就來！」於是，店家親切送來足以塞滿整張桌子，嬰兒澡盆大小的冰桶。

沒想到時至現今，過去那個以配酒套餐備受好評的「Le Philosophe」風姿健在。

當我一口嚼著店員送上來的蝦片，一邊喝著泰式冰茶的時候，發現服務生對隔壁桌的誠惶誠恐，簡直可以上搞笑電視節目了。甚至其他遠道而來的客人，也睜大眼睛猛瞧這對老人家到底是何方神聖，竟然能夠受到如此特別待遇。

❖

剛開始我還蠻同情的，他們應該是不知道餐廳換人吧。後來，我們點的泰式酸辣湯、蟹肉咖哩與茉莉花飯上桌了。那個中間有一個煙囪般的大型鋁鍋，讓我們興奮到不行。這個時候，小老太竟然同我開口。

「喂，我說啊，那個，那是什麼鍋？到底是啥，你們在吃啥呢？菜單上有嗎？哪一樣啊？」

「蛤？喔，這是泰式酸辣湯。傳統的泰國料理。裡面有蝦子跟海鮮。湯汁又甜又酸又辣。這道菜叫做Tom、Yum、Kung。就在菜單的中間。」

我因為太過緊張，不知怎麼的，竟然將自己的湯碗與湯匙遞了出去：「要不要嚐一口？」我老公拚命跟我使眼色：「不要吧妳……」說不定她老人家會不高興的說：「我有說想嚐一口嗎？回答完問題以後，就乖乖給我閉嘴，別得寸進尺啊！」小老太將我晾在一邊，吃了一口蔬菜炒肉之類的料理以後，不悅的跟老頭抱怨：「和我想的完全不一樣」，或者「這是什麼粉紅酒，一點也不甜」等。

這個小老太一直活在她的小世界裡，活動範圍也僅限於同溫層的法式餐廳，盡是富裕、保守，而且排外性極強的白人社交圈。因此，她對於異國料理先入為主的鄙夷也就不難理解。話說回來，目前光是曼哈頓就有好幾百家泰式餐廳，姑且不論我是亞洲人，活了一大把年紀卻沒看過煙囪火鍋的泰式酸辣湯，這樣的紐約客還真讓人不敢置信。

最近十年，鮑威利街如火如荼的推動各項重劃工程。例如造型飯店、美術館或煥然一新的站前廣場。過時的店鋪紛紛關門大吉，餐飲店也改弦易轍的換人經營。那些改造成功的餐廳大多是分量大、重口味，適合年輕人告白，時下流行的約會場所。

例如「Fish Cheeks」就是搭上ＩＧ潮流，新竄起的泰式餐廳。不論這些上流老人在當地如何的根基深厚，或者揮金如土的繁榮過地方經濟。這群不碰異國料理的老人家，早被這些後起之秀列入黑名單。後來，我也去那家店吃了幾次泰式酸辣湯，卻再不見他們的身影。

✣

那麼，他們都去了何處呢？老實說，我還挺好奇的。這些小老頭、小老太坐在我隔壁的時候，確實讓人不快。有時甚至恨不得他們立即從我的眼前消失。不過，即將奔四的我，也不能每天靠著炸雞或辣味異國料理醉生夢死。因此，我更喜歡使用時令新鮮食材、清淡優質，對身體沒有負擔的餐飲。例如日本料理的話，寧可選擇蕎麥麵而不是拉麵，或是晚餐只吃八分飽等。

我正想著，那些挑剔的小老頭與小老太，口袋裡應該有不少清脾養胃的餐廳名單。沒想到竟然被我老公遇到了。那是一家開在東村北邊，使用當地菜蔬，標榜養生的義大利餐廳「Hearth」。當時他掩不住得意的說：「附近居民的年齡層較高，又很安靜。嘿嘿，絕對錯不了。」

這家餐廳果然沒有讓我們失望。雖然開店於二〇〇三年，卻隱隱然有著百年老店的風範。一到星期天，晚上到處是占滿六人座或八人座的三代同堂。而且不約而同的，上首坐的都是一個模子裡印出來，上半身穿得漂漂亮亮、難搞的小老太。多虧這家餐廳氣氛頗佳，加上子孫環繞，多多少少讓她們卸下渾身的刺蝟。

對於這些經濟還算充裕，不屑垃圾食物又對頂級餐廳也沒什麼興趣的族群。好不容易子女各自獨立，夫妻倆總算能夠悠哉的在外享受用餐的樂趣。於是，每天便一件牛仔褲，瀟灑的到各大餐廳當大爺。這些老饕常去的餐廳，當然也少不了他們。正所謂活到老吃到老，想打入他們的小圈圈也需要付出一定的代價。例如這家餐廳的桌上有一個小木盒。掀開以後，裡面是這麼寫著的：

「本店推廣『不插電』概念，以提供至高無上之用餐品質。請將手機等行動裝置收藏於此，與同座的親朋好友共享美食。」

哇，這是專為小老太設計的嗎？齁，還真是有夠麻煩！換成白話就是，想來這裡吃飯就不准玩手機，不准動不動對著餐盤拍照；雖然歡迎闔家蒞臨，卻不接受用遊戲或 YouTube 敷衍孩子等不負責任的行為。

說不定這又是哪位小老頭或小老太的客訴，深怕這些電子產品的電波危及人身安全吧。

透過我火眼金睛的觀察，那些在爺爺奶奶嚴謹家教下，規規矩矩吃著甜點的孫兒們，全都一副無聊到不行的模樣。要是紐約市的所有餐飲店，都由這群頑固的老人把持的話，那還叫人怎麼活啊。不過，話說入鄉隨俗，當天晚上我也乖乖的將手機放進小木盒，享受難得的靜謐時光。

單身人士的幸福城市

人世間的最大樂趣莫過於一邊享受美食，一邊天南地北的聊天。因此，只要踏進餐廳，人們的談笑聲總是此起彼落。不過，即便是同樣的喧鬧，眼睛所見的景象與躍入耳朵的訊息，有時也會產生不可思議的同步性（synchronicity）。也就是說，即使時空環境不同，某些話題卻似乎似曾相似。這可不是打哈欠般的感染，而是八卦的傳染力。

有一天，我在布萊恩公園（Bryant Park）附近的麵包咖啡廳「Maison Kayser」吃午餐。碰巧的是，我左手邊與右手邊的客人幾乎同時聊起日本。右手邊的三個女生用獨特的英文語法，聊著海外旅行的經驗。其中一人說：「曼谷也不錯，不過我還是最喜歡日本。」左手邊的中年男性則一邊撕著麵包，一邊跟坐在對面的女伴說：「對了，聽說妳得去日本待一段時間？」

他們之所以不約而同聊起日本，應該與坐在旁邊的我們，從頭到尾用日語交談無關。不過，由於位置剛好在兩桌之間，我反而可以好整以暇的偷聽雙方如何談論同樣的國度。

「日本什麼地方讓你們這麼滿意呢？」左右兩邊的客人像是合唱般的同聲說：

「Very clean!（太乾淨了！）」。

首先，大街小巷很乾淨、日本菜好吃、物價便宜、半夜趴趴走也不怕、人人親切有禮、大城市時髦刺激、深山又充滿大自然的奧祕……。這就是外國人印象中的日本，連優點的順序也說得一模一樣。我吃著尼斯沙拉（Salade Niçoise），心裡忍不住偷笑：

「欸，對對對。」

一趟長程航班下來，一下飛機就被日本清新的空氣所震撼；旅客來來往往的通道永遠光潔亮麗；入境審查前的洗手間總是整潔乾淨，聞不到一絲阿摩尼亞的臭味，洗手臺也不見任何水滴；步出海關以後，空氣中的些許溼氣，還摻雜了從餐飲區飄來的陣陣醬汁清香。

特別是習慣了紐約的塵埃、廢氣、路邊攤的羊肉腥羶、貓犬的屎尿、歐蕾咖啡般的汙水、流浪漢、慢跑者與瑜伽愛好者的汗水、手指在紙鈔或硬幣留下的汙漬、盛夏陽光下臭味四散的垃圾、嗆鼻的香水味。每每回到日本，反而讓我不知該如何適應。

觸目所及雖然盡是令人懷念的光景，但嗅覺的感受卻完全不同。光是一縷清淡的高湯，就能在空氣中散發整然有序的清香。在日本生活了三十幾年的我，曾經以為潔淨的水源、安全的街道與整潔的環境，都是日常生活的理所當然。而現在，我仍然認為這是日本值得嘉許的基本價值。

❖

遠離自己的國度以後，我還感受到日本的其他優點。例如放眼世上，找不到比日本對單身女子更友善的國家。

美國等西歐國家其實是情侶制的奉行者。換句話說，不論是男女，男男或女女，已婚或未婚，只要成雙成對即可。舉例來說，只要獨自參加家庭聚會，總會有人殷切的問：「欸，老公沒跟妳一起來嗎？」每次遇到這種關心，總讓我手足無措。總而言之，只要是受邀，就應該要跟另一半共同赴宴，逼不得已也可以找一個人充充場面。因此，若非特殊情況，很少女生單身赴會。

這個時候的我，在他們眼中與其說是「一個人」，倒不如說是「零點五個情侶」來得恰當。

這種概念類似日本常聽到的——「結婚以後就是一加一大於二」。我與老公一起出入的時候，管理員大多只是打個招呼。不過，只要我老公出差，管理員就會特地跟我閒聊，然後千交代萬交代的說：「遇到什麼麻煩，記得隨時找我喔。」天啊，我才知道，原來美國這個地方是不能讓女人落單的。雖然對於治安方面的危機感，日本人確實是遲鈍了些。

美國不像日本，能夠一個人輕鬆的外出用餐。即便是風評不錯、有一定水準的餐廳，只要單身前往，通常都會候位很久，而且價格也高出許多。除此之外，領檯、領班與服務生還會三番兩次的確認：「嗯，只有您一位嗎？」一個人乖乖坐在吧檯，調酒師也會趨上前來攀談。

為了躲避這種無謂的閒談，有時我會拿出 Kindle 電子書，假裝享受書中之樂，卻經常被店家視為不懂禮數的怪客，並且被晾在一旁，讓我瞬間有種自己是腫瘤的感覺。然後，在這些殷勤無禮的過度干預下，漸漸失去容身之地。

我曾經問過周遭的單身女郎：「妳們都是怎麼吃飯的啊？」，得到的答案千篇一律：「叫外賣啊！」那是因為餐廳是用來約會的，不想孤身一人引起側目，又不想下廚的話，就只好借重外賣了。其實我也常叫外賣，不過這樣不是更寂寞嗎？偶而我也會遇到一些不讓鬚眉的女性，勇敢的獨自步入時髦的知名餐廳，並且大快朵頤。這個時候，我總盯著猛瞧，揣測她們到底怎麼有這種霸氣的呢。

話說回來，我那炙熱的目光，對於我心目中的女神而言，或許是另類窒息的禁錮。

當然啦，美國也不乏一些門檻不高的餐飲店，例如提供拉麵或河粉之類的麵館、飲茶店、輕食三明治或沙拉的速食店，二十四小時營業的咖啡廳或食堂等。這些餐飲店都看得到滑著手機、獨自填飽肚子的男男女女。只可惜礙於店家的翻桌率，那種吃飽了就給我走人的氛圍，還是讓人吃得心慌慌。跟東京相較之下，只要妳是女人，又是單身，就不能享受在外用餐的樂趣，這種不成文的習俗是何等的剝奪人身自由啊！對於我而言，這個標榜自由、美國最大的城市，或許就只有這一點讓人喘不過氣。

❖

二〇一六年的夏天，我因為簽證的關係不得不回日本一趟。除了去東京赤坂的美國大使館，也沒有其他要事。於是，我便閒散的從旅社、民宿住到膠囊旅館，走遍溫泉澡堂、三溫暖與按摩館，隨意的看場話劇或電影，喝至深夜方歸，享受僅屬於自己的東京自由行。一個人的壽司店、一個人的居酒屋、一個人的牛肉蓋飯、一個人的烤肉、一碟一碟的小菜、店家特地提供的半人份料理、各種以杯計算的酒品、二合一的美味菜色、多付個一百日圓就能享用的甜點。

與親朋好友在外用餐當然是人生至樂，不過能讓單身人士也享受些許外食樂趣的，日本堪稱唯一的天堂。

簽證面試的前一晚，我還在 YOHO Brewing 公司直營的「夜夜笙歌啤酒宴」赤坂店小酌。三種精釀啤酒只要一千日圓，換算後不過十美元。而且還有分量剛好、吃不膩的醃漬章魚與炸玉米。服務生不會在一旁虎視眈眈，或者為了一點小費而諂媚。稍留私人空間的吧檯座位，給人一種待多久都不會惹人嫌的安心感。對，就是這個，這就是我要的感覺。天啊，日本萬歲，萬萬歲！就在我龍心大悅、酩酊半酣的時候，不期然的聽到隔壁傳來一陣英語對談。

只見一位拿著手機的白人男性快速掛斷電話。此人一身運動服，不見任何隨身物品，與店裡那些下班後，彎過來小酌的時髦上班族完全不同。而且怎麼看也不像是遠道而來的旅客，因為如果是觀光客的話，一般早就回飯店梳洗休息了。所以，搞不好他是住在附近高級公寓、被外派到日本的國際菁英，說不定我明天去美國大使館面試的時候還碰得上面。我雖然天馬行空的亂猜，不過卻無法進一步確認。因為他掛斷電話以後，只是默默的喝著啤酒，我連他的口音都無從得知。

老實說，我還是生平頭一次發現，想從一個人口中竊取蛛絲馬跡，遠比偷聽一群人的八卦，困難度更高。

❖

若從情侶文化的角度來看，在吧檯排排坐著的我與他，就是所謂的「零點五與零點五」。一般說來，我們應該自然而然的交談。例如：嗨，妳好。等人嗎？還是一個人？做什麼的？結婚了嗎？家住哪裡？叫什麼名字？不停的分享彼此的資訊。單身的異性戀者，可以藉此探索兩人成為「1」的可能性。即使無法成立，也會一杯、兩杯的請來請去，最後互表謝忱說：「今晚過得很愉快。」然後揮揮手，不帶走一片雲彩。

不論是東京、紐約、南極，甚至冥王星，總會有男人上前模仿永野護[34]漫畫中，讓人雞皮疙瘩掉滿地的臺詞：「唉，怎麼能讓美女獨自用餐」之類的。而且，搭訕並非年輕人的專利。即使是道貌岸然的老先生，也懂得文質彬彬的開口：「這位小姐，不介意的話，可否與我共進晚餐？」因為就以世俗成見而言，世上沒有讓女生孤芳自賞的道理。這就是所謂的情侶文化。

在「夜夜笙歌啤酒宴」的吧檯上，我靜靜觀察他，同時知道他也在觀察我。不過，我們卻心照不宣的互不開口。雙方感受著空氣中流動的氛圍，尊重彼此的私人空間，各自禮貌的撤下結界。眼神若不小心交會，就點點頭微笑致意，也就僅此而已。即使兩人不發一語，卻有一種超過言傳、形而上的共鳴。

這位男客應該在日本住了頗長一段時間，看似極其融入日本文化，而且是住在大

34 日本知名漫畫家、機械設定與人物造形師。

城市。同時，也習慣了加拉帕戈斯[35]（Galapagosization）社會中，那種杜絕於世俗之外、將自我孤立的非情侶文化。他的打扮就像慢跑到一半，來這裡討口水喝似的，想誇他一句性感都很難。不過，他渾身散發的氛圍如同睽違故鄉的我，有一種無法言喻的閒散。這種不被綁手綁腳的暢快，可是全世界都找不到的呢。欸，我懂、我懂。

當這位男客用流暢的日語，跟服務生說結帳的時候，我剛好又點了一瓶這家店招牌的限量精釀啤酒。單身客對單身客，完全沒有偷聽的餘地。我就是我，你就是你，就讓我倆充分這種享受無人干擾，難得的冉冉時光。俗話說沉默是金，在萬丈光芒與美酒的芳醇中，我們隔空相互喝彩。

雖說與三五好友一邊吃飯、一邊聊天是人世間的樂趣。不過，有時候我也會興起一個人靜一靜的念頭。

話說回來，一個人在家獨對金樽美酒該是何等無趣。於是，我不禁由衷感謝，那些金風玉露卻無須相逢的夜晚，讓我卸下心房，包容我成就「1」的主體性。而那些默默喝著啤酒的男男女女正造就了日本獨一無二的外食文化。

---

35 起源於達爾文在加拉帕戈斯群島，發現當地動物因為處於孤立狀態，而自我進化的現象。由日本經濟長期低迷，導致許多三十至四十歲的日本人將自身隔絕於外。

加油啊，日本拉麵！

我剛來美國的時候，有一次到住家附近的豚骨拉麵店「Minca」用餐。結帳的時候，聽到服務生用一口流利的日文問：「還合您的口味嗎？」還真嚇了一大跳。當我老實的回說，嗯，非常好吃。他相當驕傲的說：「妳知道嗎？我在熊本住過，就是在那裡學煮拉麵的，而且很努力喔！」

這家店可說是頗受年輕族群青睞，紐約市數一數二的豚骨拉麵店。我猜這位仁兄應該是想說既然碰到日本客人，那就順便做一下市調。

又有一天，我在下東區（Lower East Side）的「Yokoya」吃飯。當我瀏覽店內壁畫的時候，服務生用英文親切的介紹：「這畫的是橫濱喔！就在海邊，跟東京不一樣吧。因為我們是橫濱家系的拉麵店啊。」我配合著說：「是啊。這個摩天輪就是港區未來二十一[36]的地標……。」只見他一臉不屑的糾正我：「橫濱！是橫．濱。」我心裡直想：是是是，本來還想多嘴一問：「橫濱拉麵跟其他拉麵有什麼不同呢？」不過礙於他的氣勢，只好強忍下來，免得被調侃「虧妳還是日本人，連這個都不知道？」

說來慚愧，我對於拉麵還真是一竅不通。不管是哪一種麵，我都能吃得津津有味，完全不在乎出自何處或哪種流派，也不想一窩蜂的追逐時下流行。

即使是在拉麵激戰區，我也是隨便找家店吃，還曾經在以味噌為賣點的店家，神經大條的點了鹽味拉麵。欸，幹嘛那麼挑剔呢？好吃不就得了。但我想，我這等得過且過的態度，對於這個城市的人應該是罪無可恕的吧？

早在幾十年前，就有媒體報導：「日本料理正在紐約掀起一股前所未有的風潮」。不過這麼些年過去了，這股熱潮倒是方興未艾，完全看不出降溫的樣子。我只要自我介紹，對方一定會問：「日本人？那妳知道哪裡的拉麵最好吃嗎？」再加上我大學的同學都是年輕人，所以最常被問的不是壽司店或蕎麥麵店，而是拉麵店。說不定他們對於拉麵的味道，比我這個日本人還來得挑剔。

✣

36 位於橫濱中部充滿未來感的新興市區，由辦公與居住空間、飯店、購物中心、餐廳、會議中心及公園組成。

日本鼎鼎大名的「一風堂」一在紐約開了分店，就成為年輕人時髦的約會地點。火紅的程度還引來日本媒體爭相報導，人潮甚至從時髦吧檯一路排到店外。

慕名而來的年輕人一邊大口喝酒，一邊乖乖排隊。他們習慣先點一些前菜暖暖身，接近尾聲的時候，還懂得加個麵作為收尾。一頓拉麵吃將下來，夯不啷噹就是幾十美元。這就是時下年輕人趨之若鶩的另類晚餐。

話說事有兩面，也有人嘲諷：「拜託，這種店在日本到處都是。跟大家一窩蜂的傻傻排上兩個多小時，真是有夠笨的。」有鑑於此，有些人便忙不迭的，找我這個日本人確認一二。於是，我便時常被逼問：「那家店真的是最棒的？沒其他更道地的拉麵店了嗎？」我頭一次踏入紐約的一風堂的時候，他們正好推出「山葵醬油拉麵」。當時，只記得店裡到處瀰漫山葵加熱後的刺鼻味。我有一位出身博多的友人，那可是日本拉麵的大本營。我記得他常說：「五百日圓以上的拉麵，就不是拉麵啦！」雖然說不上歪理，不過說不定是未來的趨勢。

有一次，我在上英文課的時候，無心的一句：「其實，拐角巷子裡的那家寸胴屋的拉麵店還挺道地的……。」沒想到竟然讓原本在寫黑板的講師停下動作：「等等，小育，連妳這個日本人都覺得比一風堂更道地的拉麵店在哪裡啊？」然後立馬拿起手機搜尋起來。

「蛤？寸胴屋是來自姬路（日本兵庫縣）啊？」、「旁邊那家『世田谷』屋也是東京的地名，對吧？」、「我也知道、我也知道。『札幌』啤酒也是日本的地名喔。」最後，就在大家的七嘴八舌下，這堂英語課悄悄落幕。

那些我常去的一些拉麵店，例如「真」（JIN）、「中村」（NAKAMURA）、「鳥人」（TOTTO）或「味噌屋」（MISOYA），都能兼顧異國風味與美國人的愛好，在創新中又不失個性。即便是韓裔美人自創的「桃福」（momofuku）拉麵，我也覺得挺好吃的。在獨樹一格中，散發一股讓人懷念，又溫暖人心的味道。

可惜的是，在紐約這個各國留學生齊聚的地方，那些來自地球另一端的舶來品或傳統等日本招牌更為吃香。這就好比任何東西只要冠上「布魯克林」（按：素有小荷蘭之稱），就會讓人熱血沸騰一樣。

說起布魯克林，我還吃過那裡的「雄次」（YUJI）拉麵。這家店的海鮮湯底不同於其他拉麵店，而是標榜「廢物利用」（MOTTAINAI broth），利用美國人不吃的東海鱸來熬煮高湯。甚至還在 Netflix 原創連續劇《不才專家》（*Master of none*）中軋上一腳。

我在狹窄的店內，找到四人座的餐桌，與另外兩位客人併桌。其中一位男客就像畫作裡的文青似的，一身紅格子襯衫，將袖子捲起，還有一把圓弧形、濃密的大鬍子垂及鎖骨。他的女伴則是一件橫條紋毛衣，吃著前菜的壽司。

她側著頭問：「上面放的這個是什麼啊？」一個沉穩的聲音小聲回答：「日本柑橘與黑胡椒的醬汁，用來取代山葵的。」欸，老兄，是柚子胡椒啦。

沒多久，女客那道用豚骨高湯熬燉的鮪魚拉麵上桌了。我與大鬍子男生吃的是特製醬油拉麵。我看菜單的時候，還以為是那種五味雜陳的味道，沒想到卻有一股不俗的淡雅清香。同桌的兩人聊著住家的話題。因為男方的室友擅自將房間轉租給他人，他正抱怨著，他跟那位不知底細的人簡直就是水火不容。那位權充軍師，將長髮綁成一個丸子頭的女伴建議：「這根本是違法的啊。你怎麼不奚落幾句，將他趕出去呢？

空出來的房間還可以透過 Airbnb 出租啊！」

「欸，我就是下不了這個狠心啊。她可是我長年的房客，而且還是年紀最小的。進退兩難哪！」

「欸，等等，你幾歲了？」

「你別看我一副老成的樣子，我其實才二十五歲。」大鬍子盡顧著說，奧利恩啤酒都快滿出來了。丸子頭也突然停下手中的清酒，大叫一聲：「What?（不會吧）」然後，道出我的心聲：「喂喂，真的假的？留了這麼一大把鬍子才二十五……。」

大鬍子靦腆的說：「是啊，我長得比較老成嘛……所以，大家都以為我應該已經在工作了，比如是做木工的，或是自己開烘焙豆咖啡廳。其實我就是一個窮學生，連畢業以後要在哪裡工作都不知道……。」他像是說慣似的，拿第三波咖啡浪潮[37]來自嘲的模樣還真逗人。

---

37 第三波咖啡浪潮，指的是強調產地和精品咖啡的崛起；代表手藝精湛的咖啡師或獨立小店，對抗大型連鎖咖啡廳。

大鬍子雖然不停吐槽自己，手上的筷子卻極其輕巧的將麵送入口中。他吃麵的手勢與日本人幾乎沒有兩樣，簌簌的吃得震天價響。看來是麵食高手。相反的，他的女伴卻跟筷子有仇似的，讓她一邊聊天，一邊簌簌的吃麵，似乎太過難為。她只要一開口，便不得不停下手中的筷子。最後，她乾脆放下筷子，直接用湯勺吃了起來。

那個湯勺可不同於中國常見用的湯匙，或者日式火鍋的木湯勺，而是那種金屬材質、舀湯汁的大湯勺。我猜這原先是店家為了讓客人享用湯汁而精心特選，可不是讓人用來吃麵的。只見丸子頭用她獨鬬的方法，辛苦的舀起麵條，再將牙齒靠近湯勺邊緣，一口一口的咬著。無論她如何努力，這些麵條不是滑下來，就是彈出去，就是吃不上一口。而且，她似乎怕燙，連喝一口湯都一副戰戰兢兢的模樣。

她不經意的問：「如何，你吃飽了嗎？」殊不知大鬍子早將自己的那碗拉麵掃得一乾二淨。他們家的拉麵對我來說，也不夠我塞牙縫。像他這等虎背熊腰、二十幾歲的大男生怎麼可能溫飽。不過，我還是自掃門前雪吧，關心關心自己吃了一半的蓋飯。

丸子頭說：「這個麵好好吃喔，不過就是挺麻煩的⋯⋯。」說著說著手又停了下來，然後陷入一陣尷尬的沉默。眼見她碗裡的麵條越來越軟趴，而那位無所事事的大鬍子就是拿著水猛喝。拉麵店最大的缺點就是，不像其他餐廳吃不完可以打包。

❖

我趁著結帳的空檔，上網查了一下這家店的評價。雖然有不少網友稱讚：「這種味道還是頭一次嚐到！」、「鮪魚高湯當然比肥滋滋的豚骨更健康！」，不過也不乏負面評價：「欸，Too Fishy。嗯，差強人意吧……。」所謂「Fishy」就是魚腥味，這個名詞所代表的負面含義，對於嗜魚成性的日本人而言，簡直無法想像。不過，外國人的嗅覺天生較為保守，因此東海鱸熬煮的高湯，對他們而言，可能跟廚餘沒有什麼兩樣，但這家雄次拉麵店卻有膽量挑戰這些客人的味蕾。

日本人從小就吃拉麵，而且知道該怎麼吃。拉麵的素養不僅不同凡響，甚至是雞蛋裡挑骨頭。對於我們這些將拉麵視如己命的人而言，反而無法理解那些對拉麵一知半解，卻又對細枝末節斤斤計較的行為。

當我與大鬍子將拉麵湯頭像飲料般，稀哩呼嚕喝個精光的時候，丸子頭卻仍然拿著她的大湯勺與麵條來場殊死決戰。因為吃法的差異，也會影響到料理的口感。光是看到不知如何下筷的躊躇、糊掉的麵條與絲毫不減的冷掉湯汁，就不免讓人感嘆，拉麵還真是難纏的食物。因為吃的時候必須聚精會神，同時切忌私語。說不定一風堂的情侶套餐之所以如此受歡迎，正是因為大排長龍的等候，讓客人可以在吧檯聊個痛快吧。

就在這個尷尬的沉默中，丸子頭突然放下拉麵。我默默的禱告上蒼，懇求她不要上網寫下「難吃」的評語。其實，不會用筷子又有何難。我希望下次她能跟服務生要個叉子或湯匙，好好嚐嚐熱呼呼的拉麵。畢竟日式拉麵在經過長期的努力之後，終於在異鄉落地生根，成為紐約客的日常飲食之一，同時擁有一大群粉絲。雖然難免因為文化差異，而引來刻薄的批評。不過，我仍然衷心期盼日本拉麵不屈不撓的向前邁進。加油啊，日本拉麵！

蔚藍海岸的紅襪隊

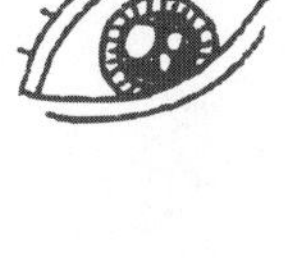

有一次，我為了參加好友在尼斯（Nice，位於法國南方的城市）舉辦的婚禮，趁著夏季即將結束，跟公司請了年假。這還是我頭一次到法國南部。那裡空氣之清新與我習慣的曼哈頓截然不同，氣候不冷不熱又穩定，放眼望去盡是晴空白雲。下了飛機，搭上計程車以後，我不禁感嘆：「天氣真好！」沒想到司機卻嗤之以鼻：「小姐是頭一次來到蔚藍海岸吧？真正熱的時候，妳再來玩。今天的天氣還算是陰的呢！」

不管去哪一家餐廳，服務生一定先用一句法文問候：「Français? Anglais?」（您說法文還是英文？），接著便像機器人般制式的切換語言。來這裡度假的觀光客大多身懷兩套絕技，一套是英語，專門對外溝通；另一套是母語，用來聊一些八卦。這些觀光客中最容易辨別的莫過於中國旅行團。只要看著那些團員手足舞蹈，說個不停的樣子，就知道他們是在爭論該去什麼地方買伴手禮。不過，因為尼斯鄰近國界，法語跟義大利語倒是不那麼容易分辨。

除此之外，最引人矚目的還有德語。蔚藍海岸的觀光列車中，總是聽得到德語那種鏗鏘有力的喧嘩。就好像我們印象中，德國人長期渴望陽光，所以一到放假便迫不及待往地中海飛奔而去一樣（按：由於地形氣候關係，德國日照較不足）。另外，如果說的是俄語，就一定是有錢人，他們大多性子急而且態度傲慢，尤其喜歡華麗的夏裝與一身的飾品。相較於亞熱帶國家，對於寒冷國家的人來說，度假是很重要的。

話說回來，即使搞錯對方說的是哪一國話，反正也就是擦肩而過的關係。而且誰規定說德語的一定是德國人，他們也可能來自奧地利或阿爾薩斯。另外，斯拉夫語系也分好多種，對我這種本來就不懂的人來說，可能全當俄語。就如同我常常被誤認為中國人或韓國人一樣。反正開開心心來度假，誰會去注意旁人的一舉一動，更不會無聊到對號入座。

❖

某天晚上，我在舊市區的法式小酒館「Le Petit Café」用餐。隔壁是一個預訂的八人座餐桌。沒多久來了四組高齡男女，我心裡還想：不是吧，這種地方也能碰上？老實說，全世界沒有什麼地方，比尼斯更容許上了年紀，又我行我素的人了。在市區或海水浴場中，當然不乏年輕人穿著泳裝來來去去。不過，服飾店或鞋店也都擺滿各項銀髮族商品。海岸步道的木椅上，更是坐滿了滿頭白髮、優雅的老先生老太太。他們只要成群結隊在街上橫行，那些年輕小夥子也不得不紛紛閃避。反正，整個尼斯就是「博愛座」的天堂。

這群客人坐下來以後，彼此便用英語交談。然後，「紅襪」（Red Sox）這個單字詞斷斷續續的出現。其中一位男客，似乎挺關心美國職棒聯盟的比賽結果。於是便算準時差，打開手機查一下他喜歡的棒球隊打得如何。世界雖大，不過連出外旅遊，都還對棒球念念不忘的，應該只有日本人與美國人吧。嗯，這個辨識度倒是不難，至少比俄語簡單。

剛開始，我還以為他們是住在波士頓的好友或鄰居，不過似乎又太不像。坐在資深棒球迷對面的老人，生疏的問：「紅襪今年強嗎？」這種社交辭令不像同住在一座城市、感情深厚的友人。我本來還想，或許是生意上的夥伴。不過，這些人雖然已經退休，卻也不像是出來聚聚、聯絡感情的前同事。

這幾位老先生老太太雖然一副珠圓玉潤，經濟無虞的樣子，不過穿著打扮卻也不見奢華。男士們穿著簡單的襯衫或馬球衫，加上家常便褲；女士們則是寬鬆的長袍或淑女襯衫，加上休閒鞋。

彷彿一年四季都穿著的高爾夫球裝，看起來整齊劃一又帶有點土氣。這就是那種標準的美國老人，戰戰兢兢打拚了一輩子，老來便到處享享清福。他們的形象及性格非常鮮明，唯獨讓我在意的是，缺乏旅行中該有的「情誼」。

✣

我的前菜是朝鮮薊尼斯沙拉（Artichoke à la niçoise），老公選蟹肉沙拉。這家店的單杯葡萄酒，只有一、兩種當地的普羅旺斯（Côtes de Provence）品牌可以選擇。不論是白葡萄酒還是紅葡萄酒都冰的透涼，特別適合搭配海鮮享用。

隔壁桌的客人中，四位男女點了店酒（house wine，酒店、酒家、餐廳日常供應的指定餐酒），另外四位則叫啤酒。馬球衫的男士問：「有百威或海尼根嗎？」當熱騰騰的法國麵包送上來以後，帶著蜻蜓眼鏡的老太太說：「可以給我奶油嗎？」一位看似他老公的男客跟服務生說：「不好意思，我知道單吃也非常好吃。不過，我們是美國人，沒奶油吃不習慣。」說完以後又自嘲的笑了笑：「哈，只要這麼一說，他們就會對我們另眼相看，就像在摩洛哥的賭場那樣。」

這些老先生、老太太以為他們每天說慣的英語，去到哪裡都行得通，喝慣的啤酒品牌也是世界各地都有。他們相信不管走遍天涯海角，都能夠用他們習慣的方式，享受他們想吃的美食。這種**本位主義**（Ethnocentrism，意指以自己的種族、社會及文化習慣為典範來衡量別人）**與厚臉皮**，還真不愧是美國人的習性。

他們看著牆上的法語菜單，聽著服務生的英語說明，卻遲遲無法決定。其間，大家還輪流上洗手間，所以點菜的時間越拖越久。當我們點的龍蝦義大利寬麵與香煎鱸魚送上來的時候，十六雙眼睛齊齊注視，然後小聲的討論著：「你看，那是龍蝦的義大利麵耶！」、「欸，另外那一個是花鱸嗎？看起來好好吃喔！」他們雖然嘰嘰喳喳說個不停，卻還是不知道該點些什麼。唉，隔牆有耳，你們說的我可是聽得一清二楚。

不過，最不可思議的是，法文的「homard」（龍蝦）與「bar」（日本鱸魚），用日本的外來語來說，竟然有一種喝過洋墨水的高級感。不過，一旦換成英語的「lobster」與「sea bass」，好好的一隻大龍蝦突然降格成為螯蝦（crayfish），立刻讓人有一種悵然的失落感。我一邊撥開龍蝦的外殼，低聲問：「欸，你覺得這一群人是什麼來歷啊？」我老公奧托細細思量以後說：「……搭船的吧。」

自從我們搬來美國以後，時不時看到「豪華郵輪環遊歐洲之旅」的廣告。這是旅行社專為中產階級以上的銀髮族，設計的海外旅遊行程。傳單上寫得天花亂墜，什麼「貼心舒適的套裝行程，一本護照環遊全世界！史上最佳的犒賞之旅」等。

其實，有些行程還挺庶民的，不像日本人想像中的豪華郵輪那般奢華。我上網查了一下，看到不少中高齡夫妻在船上舉辦結婚紀念派對的照片。這種旅遊方式就像是移動型的地中海俱樂部（Club Med），或水上版的「成人假日俱樂部」[38]。

所以，我老公研判這群老當益壯的老人應該是搭著郵輪到處玩的乘客也不無道理。他們的穿著打扮與生活水準雖然極其類似，卻又不是特別親近。每一個人都八面玲瓏，氣氛卻不夠熱絡。這就是我們常說的，沒了掌舵的，這艘船當然就團團轉了。

---

38 Club Med，大型的度假村集團；成人假日俱樂部，由JR東日本於二〇〇五年，針對五十歲以上會員，所設計的旅遊行程。

在長途的套裝旅行中，遇到自由行動的時候，因為沒有領隊隨行，於是這一群點頭之交，便相約一起下船放風。他們在既定的路線下團體行動，探訪各個旅遊景點，倒是蠻像日本國內那些阿公阿嬤的巴士一日游。

❖

當他們的餐點總算上桌以後，我斜前方的夫妻開始分享凱薩沙拉。另外一對各自點了紅白葡萄酒的夫妻，沒點前菜，直接將牛小排對切，然後一人一半。

也有夫妻不吃主菜，各自點了前菜以後，專等飯後甜點，其他像是餐後的咖啡也有人點，有人不點。這是一種開放式的點菜型態，不同於前菜、主菜與甜點的套餐概念。各種料理不按牌理的在餐桌上紛飛，頗有自助式那種雜亂的風格。

幾經折騰，結帳的時候，這群老先生老太太跟服務生說：「我們各付各的。」於是，一個餐桌開了四張發票，服務生仔仔細細，一一核對誰跟誰吃了些什麼。嗯，不錯啊，大家都懂得精打細算，讓自己晚餐吃得飽，又將錢花在刀口上。我想這一定是他們為了應付這麼長的海上之旅，磨練出來的生活智慧與看緊荷包的能力吧。

看著這一群外型相似的陌生人，為了搭乘豪華郵輪，在上陸的時候，斤斤計較主菜與甜點。我不禁想與其如此，倒不如自由行來的舒暢快活。他們或許為自己的精打細算洋洋得意，其實反而是本末倒置。我冷眼旁觀這一切，心裡不禁感嘆，不愧是美國人哪……。不過，我也沒有無聊到上前一探究竟：「各位都是搭郵輪來的？」

隔日午後，我聽到有人用義大利話說：「日本人啊，就是喜歡拿個照相機到處亂拍！一看就知道了呀。」

我對義大利話的造詣雖然不深。不過，也知道那個人就是隨口一說，並沒有惡意。雖然他說的對象就是本人我。當時我正拿著手機，對著可麗餅拍個不停。在尼斯這個各國遊客匯集的觀光勝地，誰也免不了對其他人抱持成見，而且還八九不離十。不過，話雖如此，反正也不過是擦肩而過的關係。

人人都沉浸在自己的假期，沒有人會無聊到對號入座。

公眾領域的表與裡

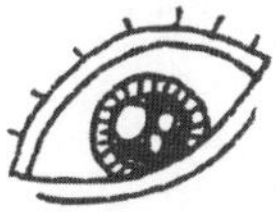

有一次，我人在約翰甘迺迪國際機場（John F. Kennedy International Airport），趁著還有些時間，便在酒廊悠哉悠哉吃著咖哩飯。無意間聽到一陣日語交談，似乎有乘客正準備去搭機口。

一位西裝筆挺的上班族，恨不得馬上切腹謝罪似的，不斷的哈腰道歉：「蛤？這個手扶梯是往上走的啊。欸，對不起，對不起。」另一位上了年紀、看似客戶或上級的男性走在前面，拖著手提旅行箱，正打算搭著手扶梯下去。這位老大看著急忙跑來，想幫忙提行李箱的部下，不耐煩的揮揮手：「現在是說對不起的時候嗎？笨蛋。」於是，部下便趕緊乖乖閉嘴。在英語圈住久了，不免有一個壞習慣，就是以為大家都聽不懂日語，於是便想說什麼就說什麼。試想啊，有一個小輩在身邊幫忙提提行李什麼的當然很好。反過來說，遇到沒有電梯、手扶梯，只能走樓梯的時候，也沒有必要如此疾言厲色吧。

我到達東京以後，在神田的某一家居酒屋，漠然的聽著一群律師喧嘩。一位六十幾歲的男性，嚴厲指責年紀比他更大的同伴：「河井（假名），你竟然跟女兒說單身也好，至少給你抱個孫子？唉唷，你這不是強人所難嗎？」他接著說：「這可好了，這下子你家女兒想盡孝道又做不到，小心她躲不過良心的苛責，遠走他鄉了啊。」

看來這位事主的女兒原本是一位單身寄生族[39]（Parasite single），為了躲避父親的殷殷期盼，只好轉換跑道，去國外的度假飯店另謀發展。而這位老父親卻自責，女兒老大不小了，卻沒能幫她找到一個好對象。他說：「都這個地步了，即使她在那裡找一個當地人，我都不反對。」「不會吧，你能夠接受一個泰國人的外孫？」「可是，佐野（假名）你的女兒不是也嫁給澳洲人？」佐野先生再次吐槽：「不行，絕對不行！我對泰國人沒有好感！」

我在一旁聽得火冒三丈，真想說：「絕對不行的是你們這些大老吧！笨蛋。」不過，卻只能強忍住怒氣，將竹筴魚的生魚片猛往嘴裡送。這些活了一大把年紀、擁有高學歷的律師們，趁著三杯黃湯下肚，狂妄的批評外國人、國際婚姻、單身女郎、未婚媽媽，甚至在海外打拚的女性，充分暴露他們心底的歧視與偏見。那種將成年女子

39 由日本社會觀察家山田昌弘所提出，指的是與父母同住，由父母負擔家務及基本生活雜支的年輕人。

視為父母己有，三姑六婆般對別人家務事指指點點的行為，若是在國外，早就丟盡日本人的顏面。我忍不住想指著他們的鼻子痛罵：「日本還真的是全世界道德最淪喪的國家。」

❖

話說回來，跟我同坐在吧檯的一對情侶，正開開心心聊著相樸界的八卦。從前橫綱日馬富士的暴力事件到各種緋聞，聽得我恨不得用棉花塞住雙耳。不過，我也不懂反思，對於讓人「食不知味」的八卦，為何總是忍不住豎耳偷聽呢？

❖

坦白說，陌生人的對話以負面情緒居多。而且令人悲哀的是，這些對內宣洩的情緒，其實有一半是源自於過度的政治正確（political correctness）[40]。在面對工作、開會或演講等公眾場合，我們總是將場面話說得八面玲瓏，可是一旦下了檯面，卻又是另外一回事。

特別是，當我們張口咀嚼時，就管不住自己的嘴巴。因此，平時道貌岸然的長輩，酒過三巡就開始說一些有的沒有的；而那些偶而奢侈一下，吃一頓豪華午餐的女生，也喜歡在餐桌上對他人指指點點，藉此炒熱用餐的氣氛。

如果說這些就是所謂的「真心話」，那還真讓人絕望與痛心。

對於我而言，我始終相信唯有懂得尊重，與鍥而不捨的成見改革，才能將地球上蔓延的偏見連根拔起，還世界一個和平。那些不懂得尊重他人的人，只要自己關起門來講就好。可惜的是，我們總習慣為自己找藉口，說什麼今天暫且不管是非正義，就當作幾個朋友私下聊天就好。雖然說別人的壞話可以降壓解乏，不過卻不能與真心話畫上等號。如果不認清這個事實，那麼很多對話都會讓人聽不下去。

除此之外，先前提到的那位上班族也讓人失望至極。僅僅因為沒有手扶梯，就在

40 集指在言辭、行為、政策中避免對社會中的某些群體造成冒犯的意識。

高層面前鞠躬哈腰。為了保住自己的飯碗，反而顯得狐假虎威、過於諂媚，以及流於虛偽。然後，又像是替自己脫罪似的，大聲嚷嚷都是候機室酒廊的設計一開始就沒規劃好。他的言行舉止，深深動搖了我以往所認為的溝通方式——做人處事只要待之以禮，並且注意遣辭用句，總能讓彼此更相互了解。然而，我耳裡接收到的這些話，卻在在顯示了此人器量之狹窄，以及缺乏素養。

我一邊吃飯，一邊在紙上記下來的每一句談話，絕非旁人的暗室密談。在狹窄的餐飲店裡，不論內容如何的隱私。只要用周遭聽得到的音量，**所說出去的任何一句話，都將是一種「公眾言論」**，在社會中自然而然的流動。

為了保護說話者的隱私，我在下筆的時候，有時候會略過個人資料，或者更動發生的先後順序。因為我想公諸於世的，不是隔壁桌的某位客人，也不是對他們有什麼特別的意見。我想批判的不過是，容許這些人在公共場合，大放厥詞的社會風氣。

在半掩的門窗中，觀察旁人的一舉一動，擷取人們應該正視的問題，這才是我寫這本書的本意。換句話說，算將這些偷聽來的題材當作契機，仔細回味箇中滋味，同時藉此反躬自省，思考各種社會議題。

❖

場景換成紐約，在地鐵第八街NYU（紐約大學）車站附近有一家中國人開的美甲沙龍「木木」。這家店因為地理位置不錯，營業時間又晚，所以網路上的風評頗佳。美甲師的功夫雖然普通，不過因為實在方便，所以我還蠻常去光顧的。

前些日子，我去的時候，剛好碰到一位帶狗來的客人。這位年輕女孩，坐在比較高的按摩椅上，小腿包著保鮮膜，正在做足部水療。她的小狗就這麼擺在大腿上。

那隻狗類似英國可卡犬之類的長毛狗，有雙下垂的黑色耳朵。我當時就坐在她旁邊，她看到我靜靜的盯著狗瞧，便笑笑的舉起愛犬的前腳，對我搖了一搖的說：「嗨！」。於是，我便回以一笑。狗主人不斷撫摸著小狗的背脊，所以牠還挺乖的，不叫也不鬧。只不過難免焦躁不安，因為一不小心，整個頭就會栽到水療機裡，和主人一起泡SPA。

接下來，狗主人換去俯臥式的按摩臺，做肩膀跟背部按摩。她一邊按摩，左手還握著短短的狗繩，而那隻黑狗就趴在腳邊。蛤？我心想不會吧！不過，美國的店鋪本來就接受寵物，所以並沒有違反法規的問題。而且我上網查了一下，發現日本也有不少允許寵物隨行的美甲店。看來我個人的見解，與店家配合客人需求的方針頗有商榷的餘地。

過了一個月，我因為指甲貼片掉了，又去這家店請她們幫我重貼。我去的那天比較晚，她們都快要關門了。只見客人一個、二個的離去，最後只剩下我，還有另一位年輕女性。這個時候，突然有一位女生敲打著，掛著「CLOSED」牌子的玻璃門，同時瀟灑的走入店內。她彎下纖細的身材，晃動一頭濃密捲曲的長髮，熱情的擁抱那位正在做護甲的美女說：「Happy Birthday!」喔，原來她是特地趕來陪伴閨密的。

為了今晚的生日派對，女主角便先來這裡做指甲，將自己打扮得漂漂亮亮。

這位後來才到的女性說：「今天晚上可要好好慶祝，我都準備好了，妳只管塗妳的指甲，知道了嗎？」然後從一個大紙袋拿出一瓶紅葡萄酒。接下來，拿出兩個有杯腳的塑膠酒杯、紙巾、開酒器。今晚的主角右手還放在UV光烘甲機裡，左手則是讓美甲師上基底護甲油。她感動的說：「天啊，我太幸福了！」

不會吧，在這裡開喝？選在美甲沙龍做指甲的時候？齁，有夠幸福。就在我不可置信的時候，只見後來才到的女性將木塞打開，然後「耶！」的一聲乾杯以後，兩人就開心的喝了起來。她甚至為了體恤雙手不能動彈的閨密，特地將注滿葡萄酒的酒杯送到嘴邊，讓她喝個痛快。

她問美甲師：「不好意思，我們太吵了齁。對了，妳要不要也來一杯？」這位只會說一點英語的華人歐巴桑，一言不發的苦笑著。她也親切的問了坐在隔壁的我與我的美甲師。因為我們的手也不得閒，於是便同樣搖一搖頭，苦笑置之。

對於這兩位美女的行為，店家之所以睜一隻眼閉一隻眼，不過就像攜帶寵物一樣，都還屬於可以接受的範圍。

畢竟這些行為也不是作奸犯科。更何況她們對於店內瀰漫的稀釋劑味道無動於衷，儘管電動磨甲機的粉末紛飛到葡萄酒裡，她們也只是捧腹大笑：「天啊，下雪了耶！」因此，一旁的我再怎麼氣憤填膺也無濟於事。與其火冒三丈的想：「妳們這兩個蠢蛋，鬧夠了嗎！」倒不如反向思考：「天啊，今天當真開眼界了……。」還比較能站得住腳。只不過此時的我，不知為何臉上卻自始至終掛著苦笑。

❖

偷聽，就如同人類本能的食慾、性慾與渴睡，是好奇心驅使下的另一種「欲望」。

當我們看到一些跌破眼鏡的事情，總忍不住跟旁人說三道四。雖然有時也會想：「算了，反正又不關我的事」。不過，這些流言蜚語卻自然而然的，鑽進耳裡或者嘴裡。喂喂，我說老天啊，難道人世間就是這麼一回事？

在不同的價值觀與倫理規範、不同的常識與禁忌中，我們巧妙的井水不犯河水。即便偶而吐吐苦水，也一定能夠在同一個社會中共生下去。這就是那些高舉和平旗幟，反對戰爭者所提倡的理念。他們堅持這樣的社會並非是烏托邦式的空想。只要切記：在內心激盪的同時，更要冷靜旁觀，捨去細枝末節，並將自己的意見勇敢的向無形的公眾領域擲去。

每當我面臨兩難，遲遲無法下筆時，總是警惕自己。因為有時候，你以為的**「獨善其身」**，其實是用**「公諸於世」的方法，作為攻擊特定人士的暴力行為**。

老實說，我寫了這麼些在公共場合聽到的餐飲與趣聞，卻從未想過竟然還會有美甲沙龍來參上一咖……。說不定，日本的美甲沙龍某天也開始容許客人吃吃喝喝也未可知！若果真如此，我也只能舉雙手投降。

不請自來的閒聊

紐約市的市區規劃宛如棋盤般整齊劃一。百老匯斜切了原本的棋盤式的馬路，所以有許多三角形的街區。其中最有名的，莫過於位處中央的時報廣場。稍微南移，地標則是三角摩天熨斗大樓（Flatiron Building）。地底下是地鐵站，一樓有我常去的「argo tea」。

「argo tea」以花果茶與拿鐵聞名，是一家成功模仿星巴克的紅茶連鎖店。唯一不同的是得耐心排隊。不知道是員工訓練的問題，營運上的難處，還是這是飢餓行銷的宣傳手法。總之，當我發現一個外帶都能花上五到十分鐘，才知道跟星巴克還真的有差。

店裡準備了玻璃茶壺，讓排隊的客人免費享用當季的冰紅茶，順便順便打發一下時間。

今年一月因應情人節，提供的是綜合百香果。襯著戶外寒風瑟瑟，在溫暖如春的室內裡，沁涼的冰紅茶竟然如此甘美。雖然紙杯只有漱口用般的大小，卻完全免費。於是，我在等著印度奶茶（chai）的空檔，不客氣的連喝了三杯。

正當我為自己的貪小便宜，感到不好意思的時候，突然飛來一個聲音：「Lady,

You look gorgeous!」（小姐，妳看起來真是雍容華貴）。我當下不禁想笑，一個小氣到連免費試喝都不放過的女士，稱得上雍容華貴？不過，他馬上補一句：「I mean... your style is beautiful!」（我是指……如此的風姿綽約）。只見一位頭戴寬邊帽的白鬢老人，笑咪咪的將我從頭看到尾，刻意說一些讚美的社交辭令。

❖

一般說來，只有日本人才喜歡突兀的稱讚他人的外貌。我每每聽到一些無知小輩，誇張的說：「欸，藍眼睛的女孩子真美」，或者「妳這一頭捲髮是天生的嗎？欸，真讓人羨慕。」總讓我雞皮疙瘩掉滿地，恨不得讓他們立刻打住。因為言談間避免影射他人身體特徵是放諸四海的基本常識。不論男女，只要觸及肌膚顏色、腳的粗瘦或者胸部大小等，在社會上都是拿石頭砸自己的腳。

相反的，去稱讚對方身上的飾品、裝扮或行為舉止，就比較不會誤觸地雷。例如：「嘿，妳的眼鏡真是漂亮」、「這雙鞋子真美」、「哇，今天穿的跟公主似的，超美」，或者「我從沒看過像妳笑得這麼燦爛」等。總而言之，拍馬屁只要針對個人「風格」，就萬無一失。

那些聽聽就好的場面話，例如：「相信我，全世界沒有誰比你更適合這件外套」、「我覺得你那頭短髮帥呆了，所以就有樣學像囉」。他們讚美的不是「與生俱來，人力無法回天的樣貌」，而是「個人品味」。對於我們這種在土生土長的國度中，每天計較眼皮形狀、睫毛長短，甚或骨骼高矮等先天特徵，當真是一種不可言喻的救贖。

話說回來，我在日本不要說搭訕，連走在路上，也不見誰來跟我推銷。在我漸漸習慣美國這種男女老少，都喜歡將「Beautiful」掛在嘴上的民族習性以後，面對那些擅長捧殺的騙子，也摸索出一套以其人之道還治其人之身的對策。例如一襲及地黑色合成皮長裙、一雙大紅色高跟鞋，一副蒸氣龐克復古小圓框眼鏡，臉上不施一點胭脂的女人；與一頂寬邊帽，一臉銀白落腮鬍，一件美國原住民風的垂墜斗篷，拄著一把隨時能點石成金的粗木拐杖的老人。兩人互用「漂亮」稱讚對方的光景，就是一種華麗的正向回饋。

這兩位不盲目追求流行，愛穿什麼就穿什麼的同好，聊著家鄉、母校、一兩句簡單的日文，甚至看一看有沒有共通的友人。最後老人說：「對了，你有ＩＧ嗎？我來加一下吧。」

「對了，你也記得追蹤我喔。」正當這兩位忘年之交打開手機的應用軟體，各自告知帳號，相互查詢的時候，老人又發話了：

「欸，我活了這麼一大把年紀，還是頭一次嘗試這個玩意兒。我對臉書或推特什麼的根本沒興趣，就是喜歡拍拍照。你看啊，我玩ＩＧ才不到九個月，卻是越玩越上手，簡直是欲罷不能咧。」

最令人訝異的是，他的起步雖晚，追蹤者竟然高達一千七百多名。而我這麼漫不經心長期經營下來，也不過才一千九百多呢。看樣子應該馬上就會被他迎頭趕上。我看了一下，他的投稿全是服裝秀般，各種自我炫耀的全身照。對照於那些專挑路上時髦阿嬤，推出銀髮風尚寫真集的年輕男性編輯，他堪稱另類自我感覺良好的銀髮風尚。雖然他在簡介欄上寫著「六九年的紐約男孩」。不過，就憑他那無人能敵的朝氣與歷經滄桑的穩重，不禁讓人替他的真實年齡大打問號。老實說，即使他宣稱自己高壽一百六十九歲，我保證眼睛眨也不眨一下。

接下來，我與他說一些「記得介紹朋友喔」之類的社交辭令，緊握雙手後相互告別。看著他一手丟掉免費試飲的紙杯，若無其事離去的背影，我突然警覺在他上前跟我搭訕時候，應該早就在這家紅茶店杵著的啊。而且我跟他前前後後，也閒聊了二十幾分鐘了吧，為何我那杯大號的印度脫脂奶茶，就是不見蹤影呢？

✣

當我去櫃檯一問究竟的時候，只見服務生懶洋洋的看著點餐螢幕，然後不帶一絲感情的回說：「嗯，印度奶茶？找不到妳的訂單啊。」於是，我拿出收據，讓她重新做一份。不料她卻連珠炮的質問：「咦？會不會是叫妳了，卻沒來拿？當時妳人在哪裡啊，店外？」我指了一指角落：「欸，就在那裡啊，我還跟一位老先生聊了好久。」這位辮子頭的女服務生：「啊……。」的一聲，便閉上她的尊口。

她接下來應該想說：「又是那個到處搭訕的老頭嗎？」我猜這位老人總是施施然而來，在免費試飲區不客氣的喝著紅茶，同時找那些等待外帶的女孩子們，天南地北的閒聊。他雖然不會死纏爛打的要電話，不過卻厚著臉皮要大家追蹤他的社群網站。然後，一副一擲千金的樣子瀟灑離去。光是服務生的表情，我就心知肚明，這不過是他的慣用伎倆。說不定他連只有付費客人才能使用的洗手間密碼，都摸得一清二楚，而且自己還能不花一毛錢的使用。

我想，他之所以能夠有如此風光的資歷，是因為經驗太老道的緣故。就像總是守在同一個車站，找不同對象搭訕的年輕人；美術館中庭中，喜歡靠過來說話的歐巴桑，或者只求短暫邂逅，以省頓飯的登徒子，都有這種耀眼的特質。

其中，最讓我印象深刻的，是在運河街（Canal street）的「Black Burger」餐廳遇到的一位客人。這位白人阿伯又胖又有威嚴，滿肚子的肥肉塞進馬球衫與居家長褲裡，一個人就這麼坐鎮在狹小的店中央。當我從收銀臺接過杯子，走去自助飲料區舀了一些冰塊，打算按取飲料的時候，背後傳來一聲大叫：「It doesn't work!（那個故障了）」我還以為自己按錯了，便急忙的停下手來。回頭一望才知道是他。

「這臺機器總是故障，蘇打與濃縮飲料的比例有問題。我說了好幾次，他們就是不肯修。不過，偶而也會有正常的時候，妳不妨試試。」

我得到他的允許以後，試著按了一下按鈕，結果飲料如常的流出來。我猜在我之前的客人，與前一位客人應該都是輕輕一按飲料就來了。於是，我雙手一攤，一副「你看，好好的啊」的樣子。他說：「嗯，妳運氣還不錯。不過妳喝的是什麼。可樂還是雪碧？喔，是櫻桃可樂啊。來，這裡還空著，過來坐。」

「沒關係，過來啊。」我像是被催眠似的，莫名其妙的在他隔壁坐了下來。

他還瞄了一下我的餐盤，問說：「諾，這個好吃嗎？不好吃？妳住哪裡呢？是做什麼的？」這位阿伯越問越多，已經超過我盤子裡起司漢堡的範圍。因為他實在太煩人，後來我便嘴裡塞滿薯條，假裝無暇交談的樣子，笑笑的不理他。於是，他環視了店內一下，另尋對象。只見他問另一個女孩子：「欸，那個妳啊，在吃什麼呢？給我瞧瞧。」我斜後方坐著一位黑人女性，穿著一套筆挺、盔甲般的長褲套裝。她眉毛動也不動，一句：「Nope.（沒什麼）」就給回絕了。

這位阿伯雖然當場被拒絕，卻一點也不氣餒，仍然威風凜凜的將身體靠在椅背上。直到此時我才發現，他手邊看不到漢堡，也不像在等廚房現做的樣子。當然更不像店裡的服務生。如果是用完餐，餐盤早就收拾乾淨的話，那也早就走人了啊。不過，他卻賴在店裡不走。因為他在等，等看看有沒有那位好心的小姐，肯與他聊聊天。

❖

無論什麼型態的社會，一定有那麼一小群不受常識規範且行為怪異的人。紐約的治安因為比東京差，對於所有可能作亂的街頭混混或吸毒者，總是雷厲風行的取締，但對於那些「讓人頭痛」的人卻寬容得讓人訝異。或許是周圍多的是特立獨行的人，所以那些怪異行為也就見怪不怪了。

即使是那種每天準時報到、旁若無人的超級麻煩製造者，只要沒有實質上的危險，大家也就是愉快的跟他們打打招呼。那種以平常心待之的大器，就彷彿這些人不過是宇宙洪荒的一部分似的。而正是這種大器讓這些麻煩製造者，更加得寸進尺。例如川普大廈，在美國總統大選結束以後，不過是一棟佇立在紐約街頭，讓行人哇的抬頭一望，又默默路過的摩天大樓。

我們表面上雖然一副對旁人漠不關心的樣子，私底下卻是火眼金睛的觀察著四周。就好比「argo tea」的服務生之所以後來說：「喔……。」是因為她早就看到那位常來的老人跟我搭訕。而我在「Black Burger」聽到的那一句「Nope」，也是黑人女性的暗示。換句話說，就是你們的談話我聽得一清二楚，但我可不像日本女人那樣好欺負，離我遠一點。

我本來打算袖手旁觀這群異於常人又怪趣的客人，不料卻被這些狡猾的老登徒子催眠似的，莫名其妙的隨著他們起舞。就像我費盡苦心想找個路人甲，免費練習練習英語的時候，卻被其他客人的吸引，聽他們聊怎麼做菜聽得入迷。

這個國家雖然奉行讚美文化，不過我每當遇到那些大大方方靠過來說：「Beauti-ful」的登徒子，與他們的甜言蜜語相比，我更在意周遭那種異常沉靜的氛圍。我默默注意餐廳裡的動靜，這些旁觀者似乎勸告我：「真有妳的，那種人妳也敢惹。」

從喝蕎麥湯，看見文化差異的趣味

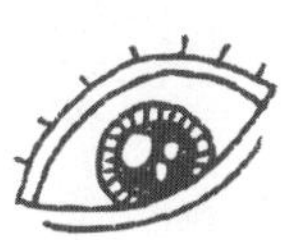

我曾經在某觀光文宣看過這麼一段介紹：「紐約市人口高達八百多萬人，語言超過八百種。」老實說，我當下還真反應不過來，這些數字代表的意義。只是約莫知道是一種無可計數的概念，大抵是日本神道的「八百萬」神祇，或者聖經的「七十七倍」報應之類的層級。話說回來，世界上應該很少有紐約這般，各種語言天上地下紛飛的大都會。

日本友人曾經問我：「妳每天說英語，還習慣嗎？」。我當然知道她的言外之意，不過突然被這麼一問，竟然讓我一時語塞。因為這個我住了兩年多的地方，不是一句「唉，除了英文還是英文」可以簡單帶過的。不管是在地鐵、咖啡廳或試穿間，即使我再怎麼豎直耳朵，努力偷聽旁人的談話，卻往往落得一個單字都沒聽懂的窘境。

不過，每當我歪著脖子鬱悶的想，今天又是丈二金剛摸不著頭腦，有聽沒有懂的時候，幸好街道的名稱、交通號誌、黑板上的菜單，或者家電產品的說明全都是英文，反而讓我鬆了口氣。在紐約這個充斥各種語言的大海，英語就像天上閃閃發亮的北極星，帶領我橫渡海洋。於是，我只要一看到英文就覺得，啊，太好了，總算不會有看沒有懂。話雖如此，並不是我的英語突飛猛進，而是街上各種告示標語，為了配合對於英語一知半解的外來者，盡可能用簡單的文法，與小孩子塗鴉似的用語。

有時候，當我找一位美國人問路，對方靦腆的一句：「I don't speak English…（我不說英語）」也會讓我嚇一大跳。因為他說的不是「can't（不能）」，而是「don't（不）」。遇到法國人漂亮的捲著舌頭，禮貌的說：「Sorry for my bad English.（抱歉，我英語說得不好）」我總忍不住也將「l」發成「R」的音，回說：「Not so bad as my English.（您客氣了）」雖然我並非故意為之，不過大概會被誤解成一種嘲諷吧。

如果日本友人擔心的是，在那個各色人等齊聚，你不懂我，我不懂你的障礙中，你如何用不熟悉的英語與人溝通呢？關於這點，其實我早就習慣了。而且，還行有餘力能分辨出以前不知道的語言。舉例來說，**語言使用比例最高的西班牙語與中國話**，我一下子就能聽出來。法語或德語也能靠著語音的抑揚頓挫，略知一二。那些聽起來有點怪的日本話，大部分是韓語。肢體語言較大的是義大利話，說話不帶表情的是俄語。這個判斷標準聽起來像是胡謅，不過卻相當管用。因為我不管是用義大利話的「grazie」，或俄國話的「спасибо」道謝，都能百發百中，確實傳達心意。

連那些對客人愛理不理的計程車司機，透過免持通話與同伴聊天的樣子，我都覺得相當有趣。歌聲般潺潺不絕的迴響，讓我好奇他來自何處？中東？印度？還是土耳其？按耐不住的我，於是開口問：「What is your mother tongue?（你說的是哪一國話）」萬萬沒想到，他透過後視鏡瞪我一眼：「蛤？」然後就把我當作空氣般，不理不睬。顯然我的英語辭不達意，不過千真萬確的是，他用天籟般、謎樣的語言對著電話那一頭道歉：「歹勢，歹勢。剛剛被一個囉嗦的客人給打斷了。」欸，大哥歹勢啦！該道歉的是我。

❖

有一次，我在下東區一家美國廚師開的「Ivan Ramen」（艾文拉麵店），聽到隔壁桌用一種我沒有聽過，但疑似俄語在交談。時不時的會聽到一兩個日文單字。雖然我聽不懂他們說的語言，不過順著日文單字，倒還能揣摩出個大概。欸，「偷聽」自己都聽不懂的語言，還真是奇妙的經驗。

「日本西邊的 Osaka（大阪）很堅持他們自己的方言，例如謝謝就只說 Okini。

換做Tokyo（東京）的話，會說Arigato。不過，只要一踏進餐廳，不管Tokyo或Osaka，服務生都會說Irasshai（歡迎光臨）。」

我隔壁坐了一對男女。女方正細細解說日本的小知識。看她一身隆重的穿著與包包，應該是來美國玩的外國遊客吧。她接著說：「還有啊，這家店賣的Orion（奧利恩）是日本最南邊Okinawa（沖繩）生產的啤酒。而Sapporo（札幌）在日本的最北邊。」看來她還對日本還蠻熟悉的。正當我在內心小小感嘆，以免穿幫的時候，她的同伴突然大叫。

「啊，等等？喂，你怎麼不說Obrigado？你看，我厲害吧！」

「Eureka」（我懂了，希臘文）！原來日語謝謝的「Arigato」發音，其實和葡萄牙語的「Obrigado」很像。當他意識這一點的時候，覺得自己天縱英明。雖然我不能確定他們說的是哪一種語言，不過看著他那一臉興奮，我也忍不住微笑。可惜的是，他的女伴卻只顧低頭吃著蔥段，不予以理會。她一定早就厭煩這些日語初學者，自以為是的發現。

於是，日語小教學便在無預警下結束，他們靜靜吃著拉麵。接下來，男客聊的話題不再夾雜日語或英語，我完全不知道他在說些什麼。我突然意識到，他們原本以為特有的密碼與稀有母語，絕對沒有被偷聽之虞。因此，肆無忌憚的談論日語的種種。不過，之所以一下子改變話題，或許是發覺隔牆有耳，而且這個地獄耳還是日本人的緣故。

我雖然獨自前來，從頭到尾不發一語，也未曾盯著他們猛瞧。不過他們卻用眼神相互示意：「喂，隔壁那個應該是日本人，好像在偷聽喔。」所以想「本尊」都在這裡了，這種半吊子的日語教學還是早早收攤吧。我雖然無意打擾，不過顯而易見的，很有可能是我的存在打斷他們談話的興致。

換句話說，「沒錯，我是未經同意，偷聽你們的一言一語。不過，你們也對我虎視眈眈不是？」說到底，這就是一種只可意會、不能言傳的雙向交流。

❖

欸，從頭到尾都只有吃麵，實在惶恐。不過，接下來還是麵店的故事。話說從前，東村有一家我常去的蕎麥麵店叫做「蕎麥kou」。這可不是普通的蕎麥麵。雖然曼哈頓的蕎麥麵店也不少，卻很少像這家店這般道地。這家店因為老闆的私人因素，在二〇一七年結束營業。不過，鐵門上到處可見老主顧的惋惜、讚美與告別的小紙條。

來這家店的客人大概日本人與外國人各半。讓我印象深刻的是，其中，又以中高齡的單身人士居多。在紐約這個大都會，想找一個容許單身客輕鬆用餐的餐廳，還真是不容易。因此，分量不多、不油不膩的日式餐廳，便成為單身人士自由出入的美食天堂。

於是，一到黃昏就有一些上了年紀，很懂蕎麥麵的歐美人士，拿著熱過的清酒，悠哉悠哉的啜飲，最後叫一碗蕎麥麵，吃完後走人。

某一天，我們隔壁坐著一位老人家就堪稱翹楚。只見他後頸拖著一把蒼白稀疏的頭髮，和服花樣的夏威夷襯衫，加上一條居家長褲。看起來應該是白種人，不過或許是年輕時，過於沉浸於東洋文化，讓他整個人散發出一股威嚴感，再加上眉宇間深刻的皺紋，讓他宛如神仙下凡，讓人無法分辨其真實來歷。他就著幾樣小菜，喝了一、兩合清酒（**按：一合約一百八十毫升**），最後又點了一份天婦羅的冷食蕎麥麵，然後簌簌的吃了起來。看來他對於蕎麥麵的吃法，當真了然於心。

我們夫妻倆喝夠酒了，也學他叫了一碗碗蕎麥麵作為收尾。沒想到剛剛還像神仙般威風凜凜的他，卻突然變了一個人似的。只見他那淺色眼鏡下的雙眼，緊盯著我們吃著蕎麥麵的模樣。當下還頗有美國漫威之父史丹李（Stan Lee）的氣勢。

他看起來不容易親近，而我們也無意與之交談。於是，我們便不當一回事，吃完我們的蕎麥麵。話說回來，他還是緊盯著我們，特別是我的一舉一動。我還納悶著，怎麼了？我吃麵的方法不對嗎？當我對自己吃了一輩子的蕎麥麵，產生質疑的時候，突然鬆了一口氣。

原來這位客人在意的是，我手上朱漆的小湯壺。

當服務生將我們的酒杯撤下的時候，我接過麵湯壺，高高興興的晃了一晃，倒入還剩下一些醬汁的小杯子裡。看著白濁的液體潺潺流出，忍不住雀躍：「嗯，這個濃密勁兒，真沒話說！」我這行雲流水般動作都沒逃過他的法眼。

「欸，原來這個紅色壺子裝的是麵湯啊！」

他緊盯著麵湯的臉似乎豁然開朗。當時，吃完一整碗麵的他正在等著結帳，桌上的醬汁杯尚未收走，卻沒人給他麵湯壺。我們夫妻每次去，不用特別交代，服務生都會自動送上來。不知為何，他被服務生研判為無須麵湯的客人。會不會第一次來的時候，搞不清楚狀況，曾經拒絕服務生的好意？因此，現在也不好意思開口：「喂，那是什麼？給我也來一壺！」之類的。

如此想來，他那滿嘴白色鬍鬚，看不出喜怒哀樂的臉上，竟然給人一種寂寥的感覺。像他這等老主顧怎麼可能不知道有麵湯？他為什麼不讓服務生送上一壺呢？是因為菜單上沒有，所以不知道該怎麼點嗎？還是他心裡是這麼想的：老朽知道，那個麵湯只有日本人吃完麵以後才給的。對，這就是所謂的特別待遇……，可惜你我本非同類，所以連嚐一口的機會也不可得。

❖

老實說，當下我真忍不住想說：「要不要試試？」不過，我跟自己說且慢。因為歐美人的飲食文化不時興一個酒杯大家輪流著喝，甚至不習慣分食。況且我也沒有自信，用英語活靈活現的介紹麵湯的美味之處，例如：「這個呢，是煮蕎麥時候的麵湯。看起來雖然像紙漿，不過喝起來卻是非常濃稠，類似蕎麥的口感喔。」最重要的是，如果我興致勃勃的開口，卻被一口拒絕，那是何等悲哀啊。

可是，我就是想辯解，這家店雖然是日本人開的，不過對任何客人都是一視同仁的。更何況日本人也有人不喝麵湯的。服務生之所以不主動給小湯壺，應該是外國人喝不慣麵湯，所以才不想自討麻煩的吧。我甚至雞婆到想上前安慰，你想想啊，這本來就是日本獨特的飲食習慣，跟你們這些歐美人士又有何關。諾，別放在心上。

我突然想起尼采的名言：「當你凝視深淵的時候，深淵也正在凝視你。」這又是一個只可意會、不可言傳的雙向溝通。當我們小心翼翼，不為人知的探索從未見過，稀奇事物的同時，對方也同樣的戰戰兢兢的，試圖與我們接觸。

即使彼此不說一言半語，光是比鄰而坐便能產生共鳴。因為表面上的鎮定，隱藏不了私底下的蛛絲馬跡。

很久很久以前，人類因為打造高聳入天的巴別塔[41]（The Tower of Babel）而惹惱上帝，自此人類的語言便四分五裂，各說各話。演變至今，族群與族群間的文化如鴻溝般隔閡，光是過個海，搬去其他地方居住，都要為三言兩語的溝通煞費苦心。不過，當語言不通的人在同一家餐廳用餐的時候，卻又讓人有一種在父神的庇蔭下，公開透明的感覺。唯有在面對食物的時候，人人卸下心防，相互較勁，甚至因此慚愧而臉紅。

當我注意隔壁的時候，隔壁也正偷瞄著我。無論何時何地，我就是沒有辦法像個旁觀者般隔岸觀火。或許不知天高地厚、到處探頭探腦的我，在餐飲店的所作所為，在世界的某個角落，有誰正用其他語言隨筆寫下：「話說此時，有這麼一個奇怪的傢伙，正盯著我猛瞧。」

---

41 《聖經．舊約．創世記》第十一章故事中人們建造的塔。

後記
在天堂與地獄之間，期待狹路相逢

前些日子，我在紐約東村的日式餐廳「大戶屋」遇到一位舊識。正當我從座位站起來的時候，隔桌的客人突然喊著我的小名：「歐卡桑（媽媽）！」我一向眼觀四面、耳聽八方，卻沒有想到會在遠離日本，地球的另一端遇到睽別二十年的老朋友。於是一時不知如何反應。

我隔壁桌坐著一位即將臨盆、身材細瘦的亞洲孕婦。當時她一邊吃著美國尺寸的日式定食，一邊與伴侶喜孜孜的討論產後生活。她雖然用日語交談，我卻始終沒有注意到，她就是我從國小到高中的同學。或許有些讀者會想：不會吧，如此少一根筋還能寫散文？沒錯，像我這麼迷糊的性格，要一邊享用美食又舞文弄墨的也著實為難，文中若有不周到之處，尚請各位海涵。

《天國飯與地獄耳》原本是《新潮四十五》月刊的連載。這是我頭一次為實體雜誌定期發表的文章。謹此對在當時參與構思並催生的「生母」——新潮社的羽田祥子、三重博一，以及長崎訓子插畫家致上最高的謝意。

之後，這個連載因為我前往美國而中斷，但Kino Books的渡邊大介仍在電子雜誌《Kinonoki》為我另闢專欄。他的錯愛讓這個塵封以久的企劃案重見天日。

本書之所以能夠問世多虧這位「養父」的照拂。除此之外，還要感謝負責日文版封面插圖的多田純、裝幀的名久井直子，與不吝推薦的石井伸等各界人士的大力襄助，謹此再次致謝。

作為偷聽這種無傷大雅的「共犯」，各位在單獨自用餐又覺得食之無味的時候，忍不住豎起耳朵，或者聽到不該聽的八卦，內心感到一股隱隱然的快感時，若能想起本書將是筆者莫大的榮幸。在天堂與地獄之間，期待今後狹路相逢的一刻。

※初稿《新潮四十五》月刊，二〇一四年九月號至二〇一五年八月號；《Kinonoki》，二〇一七年三月至二〇一八年二月。

國家圖書館出版品預行編目（CIP）資料

天國飯與地獄耳：偷聽，揭露我們與惡的距離。鄰桌的故事越罪惡，食物越美味，我們都犯此不疲。； 岡田育著；黃雅慧譯 . -- 初版 . -- 臺北市 : 任性； 2020.08
304 面 ; 14.8 ╳ 21 公分 . --（issue; 020）
譯自 : 天国飯と地獄耳
ISBN 978-986-98589-3-9（平裝）

861.67　　　　109006957

issue 020

天國飯與地獄耳

偷聽，揭露我們與惡的距離。鄰桌的故事越罪惡，食物越美味，我們都犯此不疲。

作　　者	岡田育
譯　　者	黃雅慧
責任編輯	黃凱琪
校對編輯	林盈廷
美術編輯	張皓婷
副總編輯	顏惠君
總 編 輯	吳依瑋
發 行 人	徐仲秋
會　　計	林妙燕、許鳳雪、陳嬅娟
版權經理	郝麗珍
版權專員	劉宗德
行銷企劃	徐千晴、周以婷
業務助理	王德渝
業務專員	馬絮盈、留婉茹
業務經理	林裕安
總 經 理	陳絜吾

出 版 者　任性出版有限公司
營運統籌　大是文化有限公司
臺北市 100 衡陽路 7 號 8 樓
編輯部電話：（02）23757911
購書相關資訊請洽：（02）23757911 分機 122
24 小時讀者服務傳真：（02）23756999
讀者服務 E-mail：haom@ms28.hinet.net
郵政劃撥帳號／ 19983366　戶名／大是文化有限公司

法律顧問　永然聯合法律事務所
香港發行　豐達出版發行有限公司 Rich Publishing & Distribution Ltd
地址：香港柴灣永泰道 70 號柴灣工業城第 2 期 1805 室
Unit 1805, Ph .2, Chai Wan Ind City, 70 Wing Tai Rd, Chai Wan, Hong Kong
電話：2172 6513　傳真：2172 4355
E-mail：cary@subseasy.com.hk

封面設計／插畫	季曉彤
內頁排版	蕭彥伶
印　　刷	緯峰印刷股份有限公司
出版日期	2020 年 8 月初版
定　　價	新臺幣 340 元（缺頁或裝訂錯誤的書，請寄回更換）
I S B N	978-986-98589-3-9

TENGOKUMESHI TO JIGOKUMIMI by Iku Okada
Copyright © 2018 Iku Okada
All rights reserved.
First published in Japan by KINOBOOKS, Tokyo

This Complex Chinese edition is published by arrangement with KINOBOOKS, Tokyo in care of Tuttle-Mori Agency, Inc., Tokyo through LEE's Literary Agency, Taipei.

有著作權，侵害必究　**Printed in Taiwan**